偽典・演義

~とある策士の三國志~

giten engi

捌

目次

第五章　嵐の後で

偽典・演義

～とある策士の三國志～

giten engi

主な登場人物紹介

李《り》儒《じゅ》

?（165年）～192年

本作の主人公で、現代日本のサラリーマンが中国・後漢時代の弘農郡の名家に生まれた李儒に転生した。大将軍・何進の部下を足がかりに出世、何進の暗殺後は弘農に隠遁し、陰で董卓や曹操らを操る。

董《とう》卓《たく》

?年～192年

洛陽を焼き払い、政権をほしいままにした暴虐の人とみなされることが多いが、本作では李儒の手のひらの上で踊らされて出世を果たしている。外見はいかついが、孫娘の董白を溺愛するなど、人間臭い面も多い。

荀《じゅん》攸《ゆう》

157年～214年

何進が全国から招へいした名士20人の1人として大将軍府に出仕して、李儒の同僚となった才気あふれる俊才。とはいえ本家『三国志』では、董卓暗殺を企てたり、曹操に参謀として仕えたりと、わりと機を見るに敏な性格。

呂《りょ》布《ふ》

？～１９８年

趙雲、張飛とともに、『三国志』の中の誰がいちばん強いかコンテストで、必ずビッグ３に選ばれるつわもの。ただ恩人の丁原を殺害するなど、人としてどうよ的な行動を生涯にわたって繰り返す。美女・貂蟬《ちょうせん》にメロメロという純情派の一面も。

董《とう》白《はく》

１７６年以降～１９２年？

長安へ遷都した時に、まだ15歳にもなっていなかったにもかかわらず領地を与えられるなど、祖父・董卓が愛してやまない孫娘。小柄だが気が強く、ツンデレ系お嬢様ではあるが、乗馬、武術を一通りこなすなかなかの女傑である。

王《おう》允《いん》

１３７年～１９２年

若い頃には「一日に千里を行く名馬のごとき人物」という高評価を得ていたが、長じるにつれて名誉欲がふつふつと湧き上がってくる。史実では美女・貂蟬をめぐる三角関係の末に呂布が董卓を殺す「美女連環の計」を画策したことになっているのだが……。

司《し》馬《ば》懿《い》

１７９年～２５１年

弱冠8歳のお子様でありながら、李儒の一番弟子となった頭脳明晰な少年。キレッキレであると同時に抜け目のない野心家でもあり、後に諸葛孔明のライバルとなる。首だけ１８０度後ろに回して振り返る「狼顧の相」というホラーチックな得意技を持つ。

偽典・演義 8

~とある策士の三國志~

giten engi

関連年表

189(中平6)年9月	後宮に参内した何進が暗殺される
	何進の死後、洛陽に入った董卓が実権を握る
190(初平元)年1月	袁紹を中心に反董卓連合結成
2月	長安に遷都
	董白が董卓により渭陽君に封ぜられる
191(初平2)年2月	反董卓連合の孫堅が董卓軍を破る(陽人の戦い)
	袁紹の反董卓連合が董卓軍と虎牢関で激突(『演義』で描かれた架空の戦い)
6月	反董卓連合、洛陽へ入城
	洛陽で大火
	反董卓連合、洛陽で解散
	袁紹、冀州の韓馥の下へ
10月	曹操、陳留を実効支配。その後東郡の太守に任命される
11月	**董白が弘農へ入る**
	袁紹、冀州牧の地位を韓馥から奪取
	荀彧が曹操の配下となる

192（初平3）年1月　**公孫瓚の下を劉備が訪れる**
3月下旬　**司馬懿が長安で王允と面会**
4月　**劉協、何太后、蔡邕らが弘農に入る**
5月　**劉弁が勅命を出す**
8月　**王允が呂布に李傕討伐の偽の勅命を渡す**
逆賊・王允、捕縛

＊太字は小説内で起きたフィクションです。

前巻までのあらすじ

喪が明けた皇帝が出した勅命が波紋を呼ぶ。
王允は劉協一行襲撃をもくろむが、露見。延命策を講じるため
楊彪は息子の楊修を弘農に派遣、楊修は司馬懿の圧迫面接を辛くも耐え抜く。
同じく生き残りを図って荀攸のもとを訪れた従弟の荀彧は、
劉岱兄弟に反逆の機運アリという情報を耳打ちする。
そして李儒による粛清の機運が高まってくる。
呂布に李儒、董卓討伐の偽の勅命を渡す王允だったが、
逆に李儒、司馬懿らの手により逆賊として捕縛。
その獄をたずねてきたのは、かつての盟友・楊彪と、
王允によって追い落とされた蔡邕だった。

偽典・演義

～とある策士の三國志～

giten engi

捌 8

第五章 嵐の後で

プロローグ

一

先帝劉宏《りゅうこう》の死去に始まり、宦官《かんがん》による大将軍暗殺。軍部による宮中乱入。皇子の逃亡。反董卓《とうたく》連合の発足。遷都。羌《きょう》・胡の襲来。そして司徒による売国活動の発覚とその粛清。

これら諸々のことが、僅か二〜三年という短い期間に引き起こされるなど誰が想像できたであろうか。

これまで権力の絶頂に在った者が次の日には罪人として捕らえられるという、非日常的なことが日常化する中で役人たちは誰に味方すれば良いのか、または誰に従えば良いのかと必死に考えを巡らせていた。

そんな彼らの多くが頼ったのが、現役の司空にして四世太尉の家として知られる弘農楊家が当主、楊彪《ようひょう》であった。

楊彪は成り上がり者の王允《おういん》と違ってむやみやたらと敵を作ったり、その敵を借り物の武力で粛清したり弾圧したりしなかった。

また、明らかに臣下としての一線を越えていた王允の企みに乗らず、それどころか証拠付きで報告をしたことで新帝から一定の信を得ているという情報もある。

加えて彼が率いる一派がいなければ新帝の政が成り立たないことは明白であった。

それらの事情も相まって、今や楊彪の家は名家たちにとっての駆け込み寺のような様相を呈していたのだが……。


興平元年（西暦一九二年）一〇月中旬　司隷《しれい》京兆尹・長安

「この期に及んであのように騒ぐとは何事か。末期を穢《けが》しおってからに」

この日も自宅に押し寄せていた客人の波を捌いていた楊彪は、王允が健在のころは彼に阿《おもね》り権力が齎《もたら》す甘い蜜に溺れていたくせに、いざ自分の番となると先を競って助けを求めてきた連中のことを思い返し、心底蔑むような口調で独り言《ご》ちた。

端的に言って楊彪は彼らを助ける心算などなかった。

無論名家にとっての至上命題は家を遺すことである。そのため彼らが生き残りをかけて足掻くのは、足掻いた先に楊彪を頼るのは決して間違った行為ではないとは思っている。

しかし、しかしだ。

「時期が悪すぎるわ」

通常であれば、新帝の即位に伴って恩赦が施されていたかもしれない。

だが、先だって弘農にて行われた朝議に於いて恩赦を施すという詔は発せられなかった。

何故か。王允が犯した行いが、赦される一線を越えていたからだ。

結局、売国の徒となった王允とその一族は有無を言わさず極刑となったし、王允に近しかった者たちもまた適宜捕縛するよう命令が出ている。

要するに新帝が政を行う前に不要なモノを排除しようとしているのである。

このような状況で彼らを庇うような真似《まね》をしたらどうなることか。

「待ってましたと言わんばかりに儂らも捕縛されるじゃろうな」

新帝にとって自身に力があるだけでなく袁家とも繋がりがある楊彪は不穏分子でしかない。

それを理解しているからこそ、楊彪は動かない。

配下の中には『今こそ派閥を拡大させる好機ではないか！』などと騒いでいる者もいると聞くが、
そんな甘言に乗るほど楊彪は若くはないのである。

「それに、だ。足掻くにしても足掻きかたというものがあるじゃろうが」

武官であれば〝潔さ〟とでも言うのだろうか。

武運拙く敗れたのであれば、あとは大人しく首を刎ねられるのを待つべきだろう。

理想を言えば処刑が執行される前に部下や主君の身を案じる器量があれば尚良し、だ。

そうした潔さが、それを育てた親や家族、ひいては家の名を高めるのだ。

翻って自分に縋《すが》りつく連中はどうだ。

『家は遺したい、でも自分は死にたくない。金は払いたくない、嫁や子供なら差し出してもいい』

「醜悪」

この一言に尽きる。

確かに儒の教えでは家長が大事とされている。その一面だけを切り取って考えれば、家長を生かすために子や嫁を斬り捨てるのも間違っていないかもしれない。

しかし楊彪からすればそれは、間違いである。

「己が選択を誤ったのであれば、己の命で贖うのが筋であろうが」

結果に対して責任を持つのは、決断を下した者である。

家長が大事だからこそ『家長の命で以て罪を償う』という手法に一定の価値が生まれるのだ。

それらを厭い、己が決断の責任を他人に擦《なす》り付けるような人間を信用できるはずがない。

「信用できない者を助ける理由がどこにある？」

そもそも今頃になって助命を嘆願してくる連中など、時流の読めない愚か者だ。

「どうせ〝皇帝は子供だから〟と舐《な》めたのじゃろう？　〝何を言われて王允が庇う〟と信じておったのじゃろう？　阿呆どもめが」

皇帝本人が子供だからなんだというのだ。

その周囲にいる人間まで子供だとでも思っているのか？

一歩間違えれば袁家であろうと楊家であろうと潰されていたあの時代を知る楊彪からすれば、皇帝が幼いことを理由に好き勝手するという王允一派の思考が理解できなかった。

「先帝がまだ生きていたころ、全盛期に近い状態に在った名家閥が警戒していたのは誰だ？　皇帝であった劉宏か？　それともその子供の劉弁《りゅうべん》や劉協《りゅうきょう》か？　皇族の中でも長老格であった劉虞《りゅうぐ》か？　どれでもない。愚帝の傍に侍る宦官どもと、外戚として権力を得ていた肉屋の小倅《こせがれ》ではないか」

それに鑑みて、だ。現在皇帝の傍に侍るのは誰か。

それは名家閥の主流になれなかった者たちを糾合して、独自の文官集団を形成し肉屋の小倅に過ぎなかった何進《かしん》を大将軍に仕立て上げた男だ。

それは何進亡き後、名家の中でもさらに名の知れた家である荀家出身の荀攸《じゅんゆう》や、圧倒的な武力で以て二〇万を号した反董卓連合を歯牙にもかけずに追い払った董卓《とうたく》を顎で使うような男だ。

それは誰もが董卓と反董卓連合の戦いに目を向けていた最中、董卓さえも想定していなかった遷都を強行し、それを成功させた男だ。

それは反董卓連合が瓦解していくのを横目に、新帝による体制作りを行い、その片手間で王允を誅殺することができる男だ。

「というか、アレは最初からこうするつもりで王允を司徒にしたのだろうな」

王允が司徒になったとき、楊彪は『なぜ王允が？』と疑問に思ったものだが、結局『十常侍と敵対していた（王允は当時権力の絶頂に在った張譲《ちょうじょう》らを糾弾している）ことで名が売れていたうえ、洛陽に伝手がないことから操りやすい人間を選んだんじゃろう』と考え、そこで思考停止してしまっていたのだが、事ここに及べば理解できる。

「君子不近刑人。一廉の者は己から危うきに近づかぬ。逆に言えば、あれに近づく者は使い物にならんということ」

なんのことはない。王允は生き残った者をさらに選別するために利用されたのである。

あの、誰もが先を見通すことができなかった混乱の極致とも言える状況に於いて、ここまで先を見据えて動いていた男を警戒しないなんてことはありえない。そう、ありえないはずなのだ。

「しかし、実際はどうじゃ？」

恐ろしいことに、長安には未だに彼を『幼い皇帝の腰巾着』と軽視する人間がいるのである。

それこそ自身が形成している派閥に所属している者の中にだって同じことを宣《のたま》う阿呆がいるのだ。

なんなら劉弁と共に長安へ入らなかったことで『皇帝から見捨てられた』という評判さえあるらしい。

なんと愚かなことか。

「……恐ろしい男よ」

知らなければ、警戒できない。

知らなければ、逃れられない。

知らなければ、殺せない。

楊彪は、手の届かぬところにいる策士の恐ろしさを誰よりも理解していた。

敵対しようなどとは思わない。それ以前に、敵対しようとしていると疑われることすら避けねばならない。

「李下に冠、瓜田に履。配下の者たちにも徹底させねばならん」

数日後、劉弁の下に大量の書簡が届けられることになる。

そこには王允派と目されていたものの、証拠が不十分で捕縛できなかった者たちが犯していた罪を記した書簡であったり、捕縛に向かったものの、すでに家を捨てて逃げていた者たちが潜伏している場所を記した書簡であったという。

二

とある日、具体的には楊彪が非情な決断を下した翌日の朝のこと。

執務室に設けられた机を埋め尽くさんばかりの書簡を前にして言葉を交わす主従の姿があった。

「……凄い量だねぇ」

執務室の長にして最近になって長安に入ったばかりの皇帝劉弁その人が書簡の量に呆れた声を上げれば。

「そうですな」

周囲から彼の腹心と見做《みな》されている少年、司馬懿《しばい》が無表情のままそう呟《つぶや》く。

色々と規格外な師に鍛えられたことで、二人はこの歳にして一般的に優秀と言われる文官と同等の能力を有している。そんな優秀な二人であっても、彼の老人が取った行動とその決断の早さは想像の埒外《らちがい》にあった。

「うーん。一度は王允に阿ったとはいえ、同じ名家。てっきり恩赦を求めて来るかと思ってたんだけど……まさかこっちが処分をし易くするよう連中が犯した悪事の証拠を送ってくるとはねぇ。流石は四世太尉の家。親子揃って抜け目ないなぁ」

「御意。このような真似をされてしまっては、如何に陛下とて彼らを裁くことはできません」

「だよねぇ。はぁ。庇い立てするようなら一緒に処理できたのに……」

「逃した魚の大きさを嘆いても仕方ありません。今回は王允派を殲滅《せんめつ》することに注力しましょう」

「まぁ、そうするしかない、か」

これまでであれば、皇帝が即位した際に恩赦を出すのは当たり前のことであった。

そして恩赦を与えられた者は涙を流して感謝し、新たな皇帝に忠誠を誓う。

それが儒の教えに沿った行いであり、今までの通例であったからだ。

しかしながら劉弁には罪人に恩赦を与える心算など毛頭なかった。

劉弁からすれば『何故わざわざ自分に敵対心を持つ存在を野に放たなければならないのか?』と

本気で疑問に思っているくらいである。

その根底にあるのは、名家や宦官に対しての不信であり不審であった。

実際、先代劉宏も即位した際には多くの者たちに恩赦を与えていた。

だが、恩赦を与えられた者の中に皇帝に忠義を誓った者がどれだけいただろうか？

忠義を誓うどころか、裏で表で酷評していたではないか。誰も彼もが劉宏を『宦官の走狗』としてしか見ていなかったではないか。

尤も、恩赦の対象になった者の大半が先々代である桓帝劉志《りゅうし》が宦官と共に行った政治的弾圧によって拘束されていた者たちであったことを考えれば、即位する前から宦官の傀儡《かいらい》でしかなかった劉宏に忠義を誓う訳がないのだが。

彼らの心情はともかくとして。

劉弁が恩赦を与えるとすれば、その大半が袁家の関係者や王允の関係者となる。

もし彼らに恩赦を与えたとして、だ。

恩赦を受けた彼らが劉弁に忠義を誓う可能性はどれだけあるだろうか？

答えは、皆無。ゼロである。

元々彼らは捕まった後――それも確たる証拠を突きつけられた後――も〝自分に罪などない！〟とわめきたてるような連中である。

こういった連中は自分が悪いことをしたという自覚がない。

むしろ〝冤罪《えんざい》だ！〟と本気で考えているだろう。

そんな連中を解放したらどうなるか。

現政権に対し恨みを抱いた連中は、感謝をするどころか隙あらば劉弁の足を掬おうとするはずだ。

それこそ史実に於いて董卓によって重用された者たちが一斉に叛旗を翻したように。

反逆されることが目に見えているからこそ、劉弁は恩赦を与えようとは考えていないのである。

なんなら、いっぱしの儒者面をして恩赦を与えるよう促してくる俗物を炙《あぶ》り出し、そいつ本人だけでなく周囲にいる連中も獄に繋いでやろうとさえ考えていたくらいだ。

しかし、その計画は楊彪の行動によって頓挫することになってしまった。

「……これ以上は釣れないよね？」

「でしょうな。すでに名家の間では楊彪殿が王允派の恩赦を望まず、逆に彼らが犯した罪の証拠を提出したことが広まっているでしょう。派閥の領袖である楊彪が袁家関係者の恩赦を求めず、その上で王允派の切り捨てを行ったことが知れ渡れば、もう彼の派閥に属している者が恩赦を訴えてくることはありません」

今の長安において、楊彪の意に反して行動できる人間は多くない。

その中の最大派閥——今は弘農派と呼ばれる派閥——に属する者たちは、王允や袁家に所縁のある人物に恩赦を与えて欲しいとは思っていないので、恩赦の陳情をするはずがない。

残るは家族や親族の誰かが王允に擦り寄っていたため割を食うことになった小物くらいだが、そんな連中の陳情を聞き入れてやる必要などない。

「しょうがない、か」

楽しい愉しい釣りの時間は終わり。

これからは餌もつけずに垂らしていた釣り糸を引き上げて、これまでに釣った獲物を処理する時間である。

「それほど時間を必要としないのが救いですな。煮ても焼いても食えぬ魚を捌くのに必要なモノは目の前にあります故」

「まぁね。それにしても……凄い量だよねぇ」

「……そうですな」

ついさっきも同じことを口にしたが、その中に含まれている感情はまるで違う。

一度目のそれには楊彪の決断と動きの早さに対する感嘆する気持ちが多分に含まれていた。

だが、二度目のそれにはそういった感情は一切含まれていない。

あるのは侮蔑と呆れだけだ。

なにせ、現在執務室の机を押しつぶさんとしている書簡の中には、王允に擦り寄っていた連中が犯していた悪事の数々が記されているのだ。

しかもこの書簡は名家を代表する楊彪が纏《まと》めたものである。

当然名家の常識である中抜きなどについては相当度が過ぎたもの以外は記載されていない。

よってこの書簡に記載されているのは、楊彪でさえ『それは駄目だろう』と判断した罪を犯した面々である。

もちろん、こうして告発されるのは王允派を始めとして、楊彪が〝邪魔〟と判断した者たちに限られるが、それでも結構な数である。

これを前にしてはさしもの劉弁も『よくもまぁ僅か数年でこれだけの悪事を積み重ねたものだ』と苦笑いするしかない。

「とりあえずこの書簡に名が載っている連中は確保して。……絶対に逃がさないでね？」

「はっ」

これらが、今も司直の手から逃げ延びている連中を罪人として処理するためにとても役に立つ資料であることは間違いない。

それどころか、現役の司空が提出してきた書簡というだけで、ここに名が記されている者を拘束する法的根拠としては十分な価値がある。

よってこれが既存の名家の数を減らしたいと考えている劉弁にとって、追い風となるモノであることも認めよう。

だがしかし。劉弁は名家を信用していない。

当然名家閥の領袖となった楊彪も信用していない。

というか、袁家と強い繋がりのある楊彪こそ誰よりも仕留めたい存在である。

そんな楊彪が提出してきた書簡を完全に信用するはずがない。

自分に都合の悪い者の名を載せていないのは当然として、楊彪の派閥に所属している連中が犯した罪を擦り付けている可能性だってある。

そのため劉弁は、目の前に積まれた書簡を『名家の連中を罪人として確保するための証拠』として利用するものの、それによって確保された面々を即座に処分するつもりはなかった。

尤も、処分はしなくとも『取り調べ』はするのだが。

「尋問は李粛《りしゅく》と張済《ちょうさい》に任せようかな。中途半端に長安に詳しい役人にやらせると、背後関係次第で手心を加えそうだし。彼らなら楊彪の関係者相手でも喜んでやってくれるよね？」

「ご英断かと」

元から長安にいた面々の中で最も劉弁が信用しているのが、彼らに『辺境の狗』と蔑まれていた董卓旗下の武官たちだ。

彼らは確かにがさつなところはある。

礼儀や作法に疎いし、不満があれば暴力沙汰を起こすような気の短さもある。

だがひとたび武力行使に及んだ際の成果は多大なものがあるし、名家のことを屁とも思っていない。

何より上官には逆らわない。

対名家用の駒として見れば、これほど理想的な駒もないだろう。

ただし彼らにとっての上官は、現在郿《び》にて先日行われた戦の後始末を監督している董卓であって、劉弁や司馬懿ではない。

故に、捕縛命令や尋問の依頼を断る可能性もあるのだが……現在彼らは上官である董卓その人から直々に余程不条理な命令でない限り司馬懿や劉弁の命令——特に司馬懿の命令——には絶対に従うよう厳命が下っているし、名家の捕縛や尋問は彼らにとってご褒美のようなものなので、喜々としてやってくれるだろうことは想像に難くない。

「親征の前に処理できるところは処理しておかないとね」

「御意」

……党錮の禁のように、宦官の策謀によって獄に繋がれることと、皇帝の意思により有無を言わさず捕えられ、苛烈な尋問を受けること。

どちらが名家にとってより屈辱なのかはわからない。

わかっているのは、一度罪人として確保された彼らが返り咲くことはない、ということだけである。

三

興平二年（西暦一九三年）一月中旬

新帝の即位に伴う恩赦もなければ、新年を迎えた際にも恩赦は与えられず。

それどころか長安にて威を振るっていた王允やその一派が粛清されるという異常事態を受けて、諸侯は――冬ということもあり――長安の動きに注視せざるを得ない状況にあった。

しかし、何事にも例外は存在するもので……年間を通して温暖な気候に恵まれている大陸南部を拠点としているが故に北部の諸侯が動けない冬でも動きやすく、かつ長安政権と密接に繋がっているため中央の情勢を探ることに労力を割く必要がないその陣営にとって、諸侯が動けない今冬こそ躍動の機会であった。

躍動する意思があるかどうかは別として、だが。

「父上！　今こそ好機です！　諸侯が動けないうちに江夏の劉琦《りゅうき》を攻め落とし、その勢いをかって秣陵《まつりょう》の劉繇《りゅうよう》の首を獲りましょう！」

「……」

「戦船の数も足りていますし、兵の練度も劣るものではありません！　なにより今なら劉琦に味方する者はおりませんぞ！」

「そんなことはお主に言われずともわかっておるわ」

我が物顔で、明らかに誰かに入れ知恵されたであろう戦略っぽいことを語る息子の孫策《そんさく》にあきれ顔を向けそうになるも、すぐに〝これも教育か〟と思い直した孫堅《そんけん》は真摯な態度で応じることにした。

「攻め易きときに攻める。これはいい。しかし今は駄目だ」

「何故ですか！」

「冬だからだ」

「は？」

「いいか策。確かにこの季節であれば諸侯は動けん。内心では劉琦を利用しようとしている袁術《えんじゅつ》とて大規模な支援はおこなえんし、劉琦を防波堤として見立てている劉繇も援軍を出すことはできないだろう」

「はい！　ですから……」

「連中が動かぬのには理由がある。それは考えたか？」

「え？　冬だから、ですよね？」

「そうだ。ではなぜ冬は動かんのだ？」

「それは……兵糧の確保や輸送が難しいから、ではありませんか？」

「違う。袁術が本拠地としている豫州《よしゅう》は荊州よりは寒かろうが、兗州《えんしゅう》や徐州よりは暖かい。豫州の生産力と多数の文官を抱える袁家の力が嚙み合えば、先年の反董卓連合で消費した兵糧の補充もそう難しいことではなかろう。劉繇が治める揚州に至っては荊州よりも暖かい。兵糧に至っては言わずもがな、だ。しかし、連中は動かん。それは何故だ?」

「……」

考えが足りない。というよりは経験が足りないのだろう。血気に逸る息子を諭すよう孫堅は努めて柔らかい声色で戦理を説く。

「冬は寒い。その寒さは用意に人を殺す。家に居れば死なぬ者も、外に出れば死んでしまう。船もそうだ。船が沈めば兵が死ぬ。冬でなければ死なぬ者も、冬では容易く死んでしまう。徒《いたずら》に兵を殺す将を民はどう思うだろうな」

「それは……」

「策よ。名将とは、ただ勝つだけでは足りんのだ。兵を効率よく殺す将とならねばならぬ。敵であろうが、味方であろうが、それは変わらぬ。故に、だ。天の理に反して動き、徒に兵を損ねるは愚の骨頂と知れ」

「はい……」

もちろん孫堅には劉表《りゅうひょう》の子である劉琦を生かすという選択肢はない。

その気持ちは、長安の情勢が落ち着き、政権との意思疎通がしっかりできるようになったこと——正確には劉弁が劉琦に恩赦を与えるつもりがないと判明したこと——によって、より強くなっている。

ただし劉弁は孫堅に対して『一刻も早く逆賊劉琦を討て』という詔を出していない。

それは彼が冬に戦をすることの危うさを正しく理解しているからである。

(現場を知らぬ皇帝やその周囲の文官どもが『早く逆賊を滅ぼせ！』と言ってくるのならまだしも、一番戦に乗り気なのが我が子とは。教育を間違えたか？　……うん、間違えたな)

家長にして尊敬する父が内心でなんとも虚しい自問自答をしているとは露知らず。

真っ向から諭された形となった孫策は神妙な面持ちを浮かべたまま頭を垂れた。

これにて今回の騒ぎは一件落着……とはならなかった。

「しかし殿。若のいうことも一理ありますぞ」

「む？」

勢いを削がれた孫策が肩を落とす中、それまで大人しく親子の会話を聞いていた孫家の腹心・黄《こう》蓋《がい》が孫策に味方するような発言をしたからだ。

普段から自分の意を汲んだ発言をする黄蓋が珍しく反論してきたことを意外に思った孫堅。そんな彼の表情を見て〝話を続けてもいい〟と判断した黄蓋は、持論を展開する。

「冬に動かぬ理由としてはわかります。兵とて家に帰れば家族が待つ身。言い換えれば彼らも我らが護るべき民でありますます故」

「そうだな」

まさしくその通りである。

彼らは将の都合で浪費していい存在ではないのだ。

「また、我らは前任である劉表一派を駆逐したばかり。殿の武力は理解していましょうが、政に関してはまだ手を付けたばかり。そのため人心は未だ落ち着いておりませぬ」

「うむ」

荊州を平定するにあたって、劉表に従っていた者たちの大半は戦死した。

残った者は、降伏するか、野に下った。

この中で降伏した者は問題ない。

何故なら降伏した者は己が命と権益を護るため一心不乱に働いているからだ。

現状、孫堅に背くことは漢に背く行為である。

そのことを理解しているが故に、彼らが裏切ることはないのである。

尤もそれは『長安政権が盤石であること』と『長安政権と孫堅の間に亀裂がないこと』が前提となるが、今のところ両者の間が決裂する要因はないので、問題視する必要はないだろう。

問題なのは、野に下った者たちだ。

彼らは今、荊州の各地に散って反孫堅の気運を高めようとしている。

この状況で無理に出兵をしようものなら、連中はこれ幸いと騒ぎ立てるだろう。

元々劉表に仕えていた者たちは、名家の者や地元でそれなりの立場であった者が多い。

彼らが地元に帰り、郷や邑に住む民へ声をかけた場合、民がその言葉を鵜呑みにしないとは限らない。

その上、冬に徴兵が行われるとなれば、民が抱く反感は一気に膨れ上がるだろう。

結果、孫堅を恨む者たちに扇動された民が敵となる可能性が極めて高いのである。

その多寡を問わず、後ろに敵を抱えた軍は弱い。

江夏に攻め寄せてきた孫堅の攻撃を耐えつつ、後方をかき乱す。

その混乱を鎮めるために孫堅が撤退したそのとき、全軍を挙げて襲い掛かり孫堅の首を獲る。

これが劉琦に残る数少ない起死回生の策であった。

当然、孫堅は劉琦たちの狙いを理解している。

孫子に曰く『勝つべからざるは己に在るも、勝つべきは敵にあり』

大事なのはまずは己が負けない状況を作ることであり、次いで敵が隙を作るのを待つ。敵が隙を見せたらそれを突いて、勝つべくして勝つ。

これこそが兵法の基本であり極意なのだ。

それに鑑みれば、今孫堅が兵を出すことは、劉琦側に勝つ隙を見せることに他ならない。

徒に『敵の狙いが見えているのだから、後方に信用できる将兵を配置した上で攻め続ければ勝てる』などというのは、戦の後の政を無視した妄言でしかない。

先ほど孫策が訴えていたのがそれだ。そう思ったからこそ即座に否定したのだが……。

「逆に考えましょう。反乱を起こされてもいい、と」

「なに？」

いいわけがなかろう。と告げようとした孫堅だが、黄蓋の顔を見て口を噤《つぐ》む。

「よろしいですかな？　まず、今のままでは荊州の各地へ散った者どもを根こそぎ討伐することはできませぬ」

「うむ」

あくまで表面上の話ではあるが、孫堅に降伏せずに野に下った者たちは帰農しただけであって、孫堅に背いたわけではない。むしろ農家として国力の向上や民の慰撫に尽くそうとしている立場である。

そんな者たちを『過去に劉表に仕えていたから』という理由で処罰することは……まぁ不可能ではないがやるべきではない。

しかし、このままにしておけば、時間が経過するとともに反孫堅の気風が高まるだろう。

「敵が劉琦だけならなんとでもなりもうす。しかしながら、袁術や劉繇、特に袁術の支援が入ればその限りではございませぬ」

「そうだな」

孫策からすれば最初から弱腰なのは武官としてはどうかと思わないでもないが、生粋の武官だからこそ黄蓋は、豊富な人員を抱える袁家が本格的に支援に回った場合、どのような手段を用いてくるか予想ができないのだ。

予想ができない敵は警戒すべし。

これもまた兵法の基本である。そうであるが故に黄蓋は袁家を恐れることを恥じるつもりはないし、孫堅もまた黄蓋を責める心算はない。

「予想ができないならば、予想できることからさせるべきではありませぬか？」

「……なるほど」

袁家の動きは予想できない。しかし劉琦の動きは予想できる。

「敢えて後方に乱を起こさせ、それを鎮圧する、か」

「御意」

この場合、本来は総大将であるはずの孫堅が囮《おとり》となり、残った方が本隊となる。一歩間違えれば孫堅の命が危ぶまれる策だが、そこは影武者を立てるなり、即座に退けるような位置で待機するなり、いくらでも応用が利くので問題はないだろう。

時期も悪くない。

諸侯が動けない今、荊州内部で蜂起した連中を助けることができる者はいないからだ。

劉琦が踏み込んできたら？　誘い込んで叩けばいい。

長江の守りを捨てた小僧など鎧袖一触で滅ぼすことができる。

つまり敵は、劉表の配下に扇動されただけの民兵崩れにして烏合《うごう》の衆。

それらは後ろで騒がれるから厄介なのであって、正面で捉えることができればただの雑魚へと成り下がる。

また、雑魚を討伐する際に圧倒的な武威を見せつければ、蜂起に参加はしなかったものの内心では孫家の統治に反感を抱いている民も考えを改めざるを得ないだろう。

（一手で不穏分子の炙り出しと支配力の強化をすることができる。ついでに兵の訓練と息子を筆頭とした主戦派の願いを叶えることもできる、か。あぁ、長安へ忠義を示すという意味合いを持たせることもできるな）

勝率、費用対効果、共に問題なし。

将帥としても州牧としても異論なし。

「……悪くない」

「では？」

「うむ。黄蓋の献策を採用する。策」

「はい！」

「諸将に劉琦討伐の支度をさせよ。その際に先ほどお主が言った口実を言い広めることを忘れるな」

「戦船の数も足りていますし、兵の練度も劣るものではない。なにより今なら劉琦に味方する者はいない、ですね？」

「そうだ。俺が言えばどうしても不自然さが表に出るだろうが、お前なら問題あるまい」

「殿は演技が下手ですからなぁ」

「やかましいわ」

「わかりました！　せいぜい騒いでご覧に入れましょう！」

「……うむ。任せたぞ」

「はい！」

（腰が軽すぎる。年齢のことを考えれば仕方のないことかもしれんが……）

腹心を小突きつつ後継者の在り方を心配する男、孫堅。

戦、政、そして子育てと、彼の頭を悩ませるものは一向に減る気配を見せていなかった。

五一　李儒の下向

一

四月　京兆尹・司隷長安　宮城内皇帝執務室

――二月に荊州を任されていた安南将軍孫堅が江夏の劉琦殿を攻め滅ぼさんと兵を挙げたものの、普段の苛政が仇となり後方にて反乱が発生したため撤退を余儀なくされたそうです。

また、撤退の際に追撃を受け、少なくない損害を出したと聞きます。

孫堅は劉琦殿に敗れた腹いせに荊州各地で蜂起した土豪や元々劉表殿の配下であった者たちを殲滅したそうです。

孫堅は再度の侵攻を企てましたが、家臣たちから『足下を固めるのが先』と説得されたため侵攻を断念したそうです。

此度の敗戦は、戦勝に驕った孫堅が戦機を理解せぬまま侵攻を強行したが故であることは明白です。

新帝陛下の即位という慶事に泥を塗った孫堅を赦してはなりません。

故に臣は孫堅を罷免、もしくは彼になんらかの罰を与えるべきであると奏上いたします。


〜〜〜〜〜〜〜〜〜〜〜〜〜〜〜〜〜〜〜〜〜〜〜〜〜〜〜〜〜〜〜〜〜〜〜〜〜〜


とある文官が急に謁見を申し入れてきたから何を宣うかと思えばこれである。

謁見の場に於いては真剣な表情で話を聞いていた劉弁であったが、その表情は執務室の中に入ったと同時に霧散した。

「だってさ。司馬懿はどう思う？」

問いかける表情は『あほなことを聞いた』という気持ちを微塵も隠していなかった。

それは問いかけを受けた少年も同じであった。

「論ずるまでもありませぬ。ことは孫州牧の狙い通りに運んでおります故、罰を与える必要はないかと」

「だよねぇ。なら問題はこれを持ってきた連中の意図だね」

上奏文にあったように、皇帝の名を落とすことを懸念したり、組織として信賞必罰を徹底させようとしただけなら、視野の広さや能力に疑問を抱くものの、人品としては問題ないと言えるだろう。

その場合は『卿の提言、確かに受け取った。これからも変わらぬ忠義を期待する』と適当な言葉を投げかけてやればいい。

しかしこれが孫堅の足を引っ張るための策謀ならば、話は別だ。

「十中八九、孫州牧を貶めるための讒言《ざんげん》でしょう」

「やっぱり？　でもなんで孫堅の足を引っ張りたいの？　荊州の州牧になりたいってわけじゃないよね？」

現在長安にいる役人にとって世界の中心は長安である。

往年の洛陽のように権力争いが激化していたり、少し前の長安のように武官が暴れ回っていた時期ならば距離を置こうと思うかもしれないが、今の長安は混乱の元凶であった王允らを除いたことで、かなり落ち着いている。

それどころか、王允にすり寄っていた連中が就いていた官職が空白化しているため、そこかしこに出世の機会がある状況である。

そんな中で、わざわざ荊州に行きたいと願う者はいない。

では件《くだん》の連中がなんのために孫堅の足を引っ張ろうとしているのかといえば、そこには名家の都合があった。

「忖度《そんたく》でしょう」

「忖度？」

「はっ。孫州牧は袁家と敵対しておりました故」

「……また袁家か」

現在袁家は袁紹《えんしょう》が率いる通称華北袁家と、袁術が率いる汝南《じょなん》袁家の二つに分かれている。

袁紹にとって孫堅は、自身が盟主を務めた反董卓連合に参加せず、それどころか袁術を騙して反董卓連合に痛打を与え、連合を瓦解させる一因となった仇敵だ。

袁家の当主を自認している袁術を騙したことは評価するものの、田舎者如きが由緒正しき袁家を愚弄したことは許せないことである。

よって袁紹にとって孫堅は明確な敵であった。

汝南袁家を率いる袁術に至ってはもっと悪い。

元々袁術は孫堅を成り上がり者として下に見ていたし、その成り上がり者が荊州の南四郡を差配することも良く思っていなかった。

孫堅は孫堅で袁術のことを親の威を借るボンボンとしか見ておらず、上から目線でなんやかんやと言ってくることを煩わしく思っていた。

両者ともにお互いを嫌っていたのだ。

しかしそれだけであれば両者が敵対関係となることはなかっただろう。

両者の間が決定的に決裂したのは、反董卓連合が結成されたあとのことである。

ことの発端は董卓との戦に及び腰であった袁術が、当時荊州南四郡の統治を理由に参加していなかった孫堅に対し、出兵を要請したことだ。

それを受けた孫堅は、物資や兵糧の提供を条件として反董卓連合に参加することを打診した。

孫堅が出した条件を受け入れた袁術は、後方で支援をしていた劉表が治める襄陽《じょうよう》に物資を入れ、そこで孫堅に補給を受けさせるつもりであった。

袁術から話を聞かされていた劉表は援軍として孫堅を迎え入れようとしたのだが、元より反董卓連合に味方するつもりのなかった孫堅は、無警戒に城門を開けていた襄陽を攻撃。

意表を突かれて満足に動けなかった劉表やその配下は『皇帝陛下に背く逆賊』として捕えられた。

この際、袁術が用意した兵糧や物資を奪っているのだが、当然それらは今も返還されていない。


顔に泥を塗られた形となった袁術だが、しかしながらこのことが、反董卓連合が解散した後に『袁術は逆賊ではない。水面下で董卓に協力していた。物資を孫堅に渡したのがその証拠だ』という助命嘆願の口実となってしまっているため、怒るに怒れない状況となった。

袁術が怒りを溜めている間も、孫堅は大功を挙げた忠臣として名を高めていた。

それも袁術とその関係者が平身低頭助命嘆願をしている横で、だ。

これだけのことが重なれば、袁術が孫堅に意趣返しをしたいと考えるのはある意味では当然のことであるし、周囲の者たちが忖度するのも当然のことであった。

袁家に忖度している者たちにとって、袁家が名家の領袖として返り咲くことは確定事項なのだ。

事実、袁術は逆賊の誹《そし》りを免れたし、袁術と繋がりのある楊彪もその地位を失っていない。

故に彼らは、将来の権力者である袁術に敵対している孫堅の足を引っ張ることで、袁術からの覚えを良くしようとしているのである。

問題はその忖度が劉弁にとって一片の得にもならないことだろう。

「考えられることとすれば、まず孫州牧を貶めることで袁術の覚えを良くすることが第一。これは間違いないでしょう」

「そうだね」

「袁術と繋がりがある楊司空の覚えを良くすることが第二。第三に劉家、今回は陛下に近い方ではなく地方にいる宗室や属尽に対して『自分は劉家の味方である』と示すこと」

「ふむふむ」

それを聞いた劉弁は、そういえば孫堅のことは呼び捨てだったけど、劉表や劉琦には敬称をつけていたなぁと、思い返す。

「あとは……」

「あとは？」

常日頃からどのようなことであっても淡々と報告するこの兄弟子が言葉を濁すとは珍しい。

さぞかし言いにくいことがあるのだろう。

そう考えて先を促した劉弁の耳に届いたのは、聞き捨てならない、否、聞き捨てしてはならない一言であった。

「……孫州牧を重用している太傅《たいふ》様に対する嫌がらせかと」

「は？　何を考えているの？　死ぬの？　死にたいんだね？　よし、望み通りにしてあげよう」

「御意」

先の奏上を行った文官が李粛や張済らによって捕縛されることが決まった瞬間であった。

二

漢代に於ける官吏の登用制度の一つに郷挙里選と呼ばれるものがある。

その中で特に重視されていたのが、前漢の時代に武帝が制定したとされる茂才《秀才》と孝廉である。茂才は受験のようなもので、主に六経（易・書・詩・礼・楽・春秋）の理解力を見て採用不採用または採用後の所属先を決めるという、単純に受験者の実力を測るものであった。

家の名に拘わらず優秀な人材を発掘することができるこの制度は、漢中興の祖とされる光武帝劉秀《こうぶていりゅうしゅう》も推奨した制度であったが、年月を経るごとに形骸化してしまった――名家が既得権益を守るために寒門を締め出した――ため、現在では名家の紹介を受けた優秀な人材に箔をつけるためのものに成り下がっていた。

対して孝廉は、それなりの地位がある人間が保証人となって優秀な人材を推薦する制度だ。

この制度は仕組み上、推挙された人間が功績を立てれば推挙した人間の手柄になる。逆に推挙した人間が罪を犯せば推挙した人間の罪となるという、責任の所在をはっきりさせるという意味では公正な制度であった。

このため推挙する側も愚かな人間を推挙することはなく、結果として優秀な人材だけが登用されていくことになるので、雇う側にとっても雇われる側にとっても理想的な制度と言えた。

少なくとも最初のうちはそうだった。

しかし後漢末期、外戚やら宦官たちが身内を推薦するようになると、この制度は一気に形骸化してしまう。

まず彼らは、能力の有無に拘わらず近しい者たちに官職を与えた。

それはまだいい。問題は彼らが失敗しても責任を取ることはなく、それどころか失敗したこと自体を揉み消したり、他の派閥の人間にその罪を押し付けたことにある。

失敗したときの責任を負わないのであれば、孝廉などただのコネ推薦である。

中央では時の権力者であった十常侍らに阿るために賄賂が横行した。

それによって官職を得た者は支出分を回収するために中抜きしたり、ことあるごとに多額の付届けを強要するなど、好き勝手するようになった。

地方でも、土豪や豪族による役職の独占が行われた。

彼らもまた住民に対して勝手に重税を課すなど、やりたい放題するようになった。

漢全体が、腐敗が腐敗を生む社会となった。

これに絶望した者たちが大陸全土を巻き込んだ大規模な反乱を起こすのも当然といえよう。

しかしその後、先代皇帝劉宏が死ぬと同時に風向きが変わった。

まず袁紹らが後宮に侵犯し、時の権力者であった十常侍を含む宦官たちを大勢討ち取った。

そして袁紹から逃げ出した劉弁や劉協を董卓が保護。このとき董卓と共にいた李儒《りじゅ》が何太后《かたいごう》を説得して彼女らと宦官との接触を絶たせることに成功したことで、宦官たちは一気にその権力と影響力を喪失することとなった。

次いで董卓が、袁紹ら名家閥の人間を後宮への侵犯を理由に処罰した。

これにより清流派の領袖であった袁隗《えんかい》らを欠くこととなった名家閥は、その影響力を大幅に縮小した。

虫の息となっていた彼らに止めを刺したのは、洛陽から逃げ出した袁紹が結成した反董卓連合の存在である。

誰がどう見ても袁紹に大義などなかったが、それでも田舎者である董卓を軽視し、袁家を選ぶ者は少なくなかった。

「自分たちがいなければ仕事が回らない」

そう嘯《うそぶ》いていた連中は、董卓によって容赦なく処分された。

このとき生き残ったのは、派閥の違いから袁紹に味方できず、さりとて董卓にも積極的に味方しなかった濁流派の面々である。

彼らは〝敵対しなかった〟という消極的な理由で生き残ったのだ。

彼らは反董卓連合が瓦解したことで、なんとか危機を脱したかのように見えた。

だが、彼らは生き残ることができなかった。

宦官を憎んでいた司徒王允の手によって生き延びていた宦官共々粛清されてしまったのだ。

最終的に生き残ったのは、楊彪を始めとした洛陽から距離を置いていた者たちであった。

彼らは董卓や王允による容赦も呵責もない粛清を目の当たりにしたことで、これまで当たり前に行っていた不正を行うことに躊躇《ちゆうちよ》するようになった。

推薦は人を選んで。

中抜きは程ほどに。

ここにきてようやく武帝や光武帝が求めた制度が正常に働くようになったのである。

ただし、それを扱う人間の性根が改善されたわけではない。

繰り返すが、孝廉とは推挙した人間が罪を犯せば推挙した人間にも罰が及ぶ制度である。

それを今回の場合に当て嵌《は》めると〝李儒が推薦して荊州牧となった孫堅が『敗戦』という罪を犯した〟ということになる。

孝廉を都合よく考えた者たちは歓喜した。

これまで一切弱みを見せてこなかった李儒の失態は、彼らが騒ぐには十分過ぎるネタだったのだ。

ちなみに人事的な失態という括《くく》りであれば〝王允を司徒に推挙した〟というものもあった。

実際「王允を粛清するなら李儒の任命責任も問うべきだ」という声もあったのだ。

しかし今ではそのような声は聞こえてこない。それは王允に求められていた役割が『宦官や濁流派の粛清と、面従腹背の名家連中を釣ることであった』と判明したためである。

これに異を唱えれば自分も粛清されると考えた彼らは、一斉に口を噤んだのである。

餌として利用された老害の存在はさておくとして。

何かにつけて強者にすり寄るのも、隙あらば相手の足を引っ張るのも、彼らにとっては当たり前のことである。

故に彼らは罪の意識などないまま、弱みをみせた李儒の足を掬おうとしたのだ。

――それが劉弁の逆鱗に触れると理解しないままに。


～～


基本的に劉弁は自分が馬鹿にされても怒らない。

それは洛陽に居たころから周囲の連中が散々自分のことを馬鹿にしていたことを知っているからであり、また『名家や儒家によって時の皇帝が酷評されるのは当たり前のことであり、それに対して怒りを示してはならない。耳に痛い言葉を受け入れることこそ皇帝に求められる姿勢である』という風潮があることも、劉弁が表立って怒りを見せない理由の一つとなっている。

総じて、元から他人からの評価について諦めていると言い換えてもいいだろう。

そんな劉弁であっても怒ることはある。

それは母であり、弟であり、今は亡き伯父であり、兄弟弟子といった自分に近しい人間が侮蔑されたり、危害を加えられそうなときだ。

その中でも特に我慢できないのが、宦官によって毒に冒されていた自分を救ってくれた命の恩人であり、己を皇帝にふさわしい人物に育て上げるために腐心してくれた師であり、内心では兄とも父とも慕っている男、李儒を侮蔑されることだ。

もちろん許容できるものもある。

怖い、厳しい、性格が悪い、目つきが悪い、何を考えているかわからない。

こういった点に関しては反論の余地がないため、それを耳にしたならば、劉弁もまた深く頷くところである（もちろん李儒のことを良く知らない人間が口にしたら不快感を抱く）。

危害を加えることに関しても、逆にどうやったらそれができるのかという興味が勝るかもしれない。

だが、本人がいないところで、それも劉弁の名を使って足を引っ張ろうとするのは駄目だ。

許容できない。許容していいはずがない。

理と利、そして情。全てがそれを否定する。

そもそも今回の出兵に於ける孫堅の狙いは劉琦を討伐することではなく、劉琦に呼応して荊州の各地で兵を挙げるであろう元劉表配下の連中を討つこと。つまりはさきの文官が宣った『腹いせ』が主目的であったのだ。

それに成功している以上、孫堅に咎《とが》はない。

むしろ後顧の憂いを絶ったことを評するべきではないか。

その本質を理解せず、賢しらに言葉を並べて自分に孫堅を――ひいては李儒を――罰しようとさせるなど言語道断！

激発しようとした劉弁だが、既のところで我に返る。

「……いや、それらを理解した上で、朕と李儒の間に楔を打ち込もうとしたんだったね」

「御意」

讒言をした連中からすれば、劉弁にそこまで気付くだけの知恵がないと判断したが故の上奏というわけだ。

もし気付かれたとしても件の文官は「自分はあくまで孫堅の罪を鳴らしただけ」と言い張るだろう。

実態はともかくとして、実際に劉琦の討伐に失敗しているのだから、言い訳としては十分。

劉弁としても、現時点では上奏してきただけの文官はまだしも、その裏にいる連中を裁くことはできない。

いや、絶対権力者である劉弁がその気になれば適当な罪を見繕って処分することはできるのだが、そういう形で権力を乱用することを李儒や司馬懿が好ましく思っていないことを知っているため、今のところは表立って動くつもりはない。

……あくまで表立ってやらないだけで、李粛や張済による取り調べの結果如何によっては一切の容赦なく強権を振るう心算であるが、それはそれ。

権力は使ってこそ。明確な根拠があり、正しく運用する分には司馬懿も李儒も文句は言わないのだから。

権力の使い道についてはさておき。

成功したら儲けもの。失敗しても損はない。

そんな策があるのなら、誰もがそれを実行しようとするだろうことは想像に難くない。

「今回の上奏は適当に流すとしてさ。今後も似たようなことを言ってくる連中はいるよね？」

「そうですな。太傅様の足を引っ張るつもりはなくとも、純粋に孫州牧の敗北を問題視する者も出てくるでしょう」

「それを一々聞くのも時間の無駄だよね？」

「まさしく」

「どうすればいいかな？　いっそのこと孫堅の狙いが元劉表の配下を殲滅することだったって明かしちゃう？」

「それは止めた方がいいでしょう。情報は隠すものですから」

「まぁ、そうだよね」

両者とも伊達に腹黒外道の教えを受けたわけではない。

彼らは情報を隠すことの有用性を骨の髄まで教え込まれていた。

それを利用するその手段もまた同様に。

「むしろ今回の件を、隠された真実を見抜ける人材を発掘する篩《ふるい》として利用してはいかがかと」

「なるほどね。孫堅の罪を鳴らすんじゃなく、褒美を取らせるように上奏してくるなら見る目があるってことだもんね」

「そうなります」

もちろん、逆張りという意味で李儒や孫堅に擦り寄ろうとしている可能性もあるが、少なくとも孫堅を罰しようとする人間よりはそちらの方が気分よく使えるのは確かだったので、劉弁としても文句はない。

「篩にかける期間としては……そうですな。二月もあればよろしいかと」

「その後はどうする？　処す？　処す？」

「それもありますが、その前に讒言の元を絶つべきかと」

「讒言の元っていうと『孫堅が負けた』ってことだよね。どうやって絶つの？」

表面上のこととはいえ事実は事実。それを覆すのは極めて難しい。

そう思った劉弁だが、司馬懿の考えは違った。

「元々彼らが主張する〝敗北〟の根拠となっているのは『討伐せずに後退したこと』と『少なくない被害を出したこと』にあります」

「そうだね。負けるっていうのはそういうことだもんね」

討伐の失敗は戦略的な敗北であり、少なくない被害を出したことは戦術的な敗北である。

「御意。このうち、後退したことにつきましては、先ほど言ったように飾として利用できます。といいますか、二月もすれば余程の阿呆でもない限り戦略の一環であったことに気付くでしょう。ならば問題は『少なくない被害を出したこと』になります。よって陛下はそれを払拭すればよろしいのです」

「どうやって……いや、そうか。軍監を送って正確な損害がどの程度だったかを明確にすればいいのか！」

「ご明察」

今はまだ曖昧な数字だからしっかりとした反論ができない。

だが明確な数字が出ているのであれば話は別だ。

損害を出したといっても、所詮は荊州牧である孫堅が片手間に用意した軍勢である。

主目的が後方の鎮圧であることや船の数に限りがあることを考えれば、その総数は二万に届くことはないだろう。

孫堅の能力を考えれば、今回の戦で失われたのは多くても一割以下、つまりは二〇〇〇人に届かない程度と予測できる。

現場の意見としては実際に二〇〇〇もの兵が失われたら大問題なのだが、ここは現場から遠く離れた地、長安だ。

故に報告を聞いた劉弁が『なんだ。皆が〝少なくない被害〟というからどれほどのものかと思えば、たったの数千ではないか』と言えばそれで話は終わるのである。

事実、黄巾の乱で失われた官軍は万を超えているし、先日涼州で行われた戦でさえ四万もの軍勢が屍を晒しているではないか。それに比べれば二〇〇〇など端数も端数。大事にする方が恥ずかしい。

そういう形にしてしまえば、今後同様の奏上をする人間はいなくなる。

自分たちの労力が減り、孫堅の名誉も守られる。

素晴らしい策であった。

「残る問題は、誰を孫堅の下に送るのかって話だね」

今回孫堅の下に送り込まれる軍監に求められるのは。

劉弁からの信用が厚いことは最低条件として。

まず軍事的な知識を有していること。

次いで劉弁の意図を正しく理解できること。

加えて孫堅が詰問の使者と勘違いしないよう配慮できること。

最後に、長安にいる面々がその報告を受けたさいに『その人物の報告なら……』と納得するような説得力を有していること。

細かいことを言えばまだまだあるが、少なくとも以上の点を備えていることが絶対条件となる。

しかし、そんな優秀な人材を遊ばせているほど長安陣営に余裕があるわけではない。

もしそんな人材が劉弁の近くで遊んでいたら、荀攸あたりが無理やり机に括りつけて働かせているはずだ。

では現在要職に就いている人材はどうかというと、彼らは彼らで近々予定されている親征の準備で忙しい。もし引き抜こうとしたら苦情が殺到すること請け合いである。

「うーん。どうしようかなぁ」

思い悩む劉弁。しかしその悩みは、すでに答えを得ている司馬懿にとっては無意味なものであった。

「適任の方がいるではありませんか」

「え？」

本気で『誰だろう？』と首を傾げる劉弁を見て、司馬懿はさも当然のようにその人物について語る。

「いるでしょう？　十分な能力がありながら多忙極まる長安から距離をおき、戦支度にも政にも参加せず悠々自適に暮らしている方が」
「あ！」
人柄はアレだが、能力は認めているし尊敬もしている。
できることなら思うように過ごしてもらいたいとも思っている。
その気持ちに嘘はない。
しかし、それとこれとは話が別。
立っている者は親でも使う男、司馬懿。
彼にとってその人物に白羽の矢を立てるのは至極当然のことであった。

三

司隷弘農

洛陽と長安を結ぶ地であり、洛陽が首都のときは長安方面からの敵を防ぐ盾となり、長安が首都となれば洛陽方面から迫りくる敵を防ぐ盾となる要衝である。
昨年の末に急遽《きゆうきよ》呼び出しを受け、戦々恐々としながらこの地を訪れたときにも感じたものだが、この地はとても不思議な場所であった。

皇帝が先帝の喪に服すのにふさわしい静謐《せいひつ》さがあった。

かと思えば、多数の民を抱える都市だけが持つ特有の活気があった。

皇帝やその弟が学ぶにふさわしい厳粛としか表現できない空気があった。

かと思えば、董卓が溺愛している孫娘や、自分の娘が自由に馬を駆けさせても違和感を覚えない自由な空気があった。

洛陽から流れてきた民を受け入れる大らかさがあった。

かと思えば、細やかな罪を犯すことさえ赦さぬ厳しさがあった。

相反するモノが反発せずに共にある。

通常なら違和感を覚えるはずが、不思議と居心地がいい。

数か月前に死を覚悟して訪れたその都市は、故郷の幷州《へいしゅう》はもとより、洛陽とも長安とも違う、とてもとても不思議な場所であった。

農民は笑顔で土地を耕し。

商人は笑顔で商いをし。

職人は笑顔でモノを造り。

役人たちは笑顔でそれらを管理し。

兵士たちはそれを笑顔で護る。

実に理想的な環境だ。

ここで暮らす民はきっと幸せだろう。

誰もがそう思う。

自分も心からそう思える。

それは否定しない。

そう、民は幸せなのだ。

この理想的な環境を維持するため、日々駆けまわっている武官がいる。

この理想的な環境を維持するため、日々書簡と向き合っている文官がいる。

ここでは役職が上の者ほど、権力を持つ者ほど忙しい。

もちろん彼らとてそれについて文句を言うことはない。

むしろ、己の行いが都市の発展に寄与できていることを実感し、これこそ己の生きがいだと奮起している者が多いと聞く。

一度でもここを訪れた者は誰もが思うという。

『優秀極まりない人材を率いている人間はさぞかし徳の高い人間なのだろう』と。

『この戦乱の最中、領地をここまで発展させることができる人間はさぞかし優秀な為政者なのだろう』と。

『自分たちが住む都市を治めている人物は、天下に並ぶ者がない仁君に違いない』と。

この地に住む民もまた、自慢げに語る。

『道義を守り、過ちを犯さぬ御方だ』と。

『重税を課すどころか付け届けすら断るほど気高い御方だ』と。

『たとえ相手が皇帝その人であっても過ちを犯せばちゃんと叱責する真面目な御方だ』と。

『書類仕事しかできない弱卒でなく、ときに自ら賊の討伐に加わる勇ましさを持つ御方だ』と。

品行方正・清廉潔白・謹厳実直・知勇兼備。

彼の御仁を称える言葉は枚挙に暇がなく、そしてこの評価を過大と罵る者もいない。

何故なら目の前にこれ以上ないほどの実績があるからだ。

どれだけの人間から名士と称えられようと、どれだけの人間から人品を評価されようと、この都市を——ついでに皇帝やその弟の頭を容赦なく叩く姿を——見て『自分にも同じことができる』と自惚《うぬぼ》れる者はいないのだ。

尤も、彼の御仁の評価を否定する者はいないが、首を傾げる者はいる。

それこそ、彼の御仁の近くにいる者ほど違和感を覚えるという。

確かに民が言っていることは正しい。

確かに道義は守るし、付け届けも貰わないし、皇帝だって叱責するし、賊だって積極的に退治している。

あぁ。なに一つ間違っていない。

それどころか、領内をより発展させるため朝から晩まで書類仕事をしているし、なんなら他の地域で行われている農業政策も間接的に管理しているくらいだ。

そのおかげもあって、先の遷都に伴う混乱は最小限で済んだし、遷都によって発生した六〇万とも言われる難民たちも、あわてず騒がず無駄なく分散・配置したことで新たな土地に馴染ませることに成功している。

彼らの手によって拓かれた地は、漢に多大な益を齎してくれるだろう。

その上、かつて不毛の地と呼ばれていた涼州が、今やそれなりの収穫が期待できる環境に変わりつつあるという。

ここまでくれば、最早神仙の類として信仰の対象になってもなんらおかしなことではない。

――もし彼の御仁と直接声を交わせたらどれだけ幸せだろうか。

――あまつさえ、能力を信認してもらい仕事を任されたら、その栄誉に身を震わせ涙さえ流すかもしれない。

そう夢想する人間も少なくないという。

しかしながら、彼の御仁の近くいる者たちの中に、彼の御仁を崇《あが》め奉《たてまつ》る人間はいない。

呼び出しを受けて喜ぶ者もいなければ、仕事を任されて感涙に身を震わせる者もいない。

むしろ恐怖に身を震わせる者の方が多いくらいであった。

品行方正・清廉潔白・謹厳実直・知勇兼備。

長安に坐す皇帝劉弁がこの評価を聞けば「まぁそうだね」と苦笑いするだろう。

その隣にいることが多い司馬懿なら、表情を動かさぬまま首肯し「否定はしません」と答えるだろう。

両者の付き人と化している徐庶《じょしょ》であれば「え？　あ、そ、そうですね！」とやや食い気味に同意するだろう。

その上でこう付け加えるだろう。

『彼の御仁を指し示すに一番ふさわしい言葉が抜けている』と。

それは、今や有識者が彼の御仁のことを語る際の共通認識となっている評価。

そう【腹黒外道】である。

最初に彼の御仁をそう評したのは、彼の御仁が若き日に使えていた上司、今は亡き大将軍何進であったという。

当時から実直に仕えていたはずの若者に対する評価としてそれはどうかと思わないでもないが、それを聞いた誰もが思わず納得したというのだから、さすがは平民から大将軍の地位まで成り上がった男である。人を観る目は極めて正しかったと言えよう。

故人に対する評価はさておくとして。

腹黒だの外道だのといった評価は、先に挙げた評価と真逆ではないかと思われるかもしれない。

だがそれは些か視野が狭いというものだ。

自身が正しく生きることと、部下を書類地獄に叩き込むことは相反しない。

国の法や制度を正しく運用しようとする清廉さと、そのために当時権力の絶頂に在った宦官を嵌める腹黒さは相反しない。

付け届けを貰わぬ潔白さと、不正を行う役人を見せしめの意味を込めて敢えて惨たらしく裁く外道さは相反しない。

政に妥協しない謹厳さと、その邪魔をする連中を陥れる腹黒さは相反しない。

立場に拘わらず過ちを犯した人物を叱責する実直さと、立場に拘わらず死した罪人を砕いて土地に撒く外道さは相反しない。

賊を討ち破る際に必要な知勇と、賊を嵌め殺す腹黒さや、その死体すら利用する外道さは相反しない。

むしろ腹黒さがなければ足を掬われていただろう。

むしろ外道と畏れられるほど容赦がない姿を見せていなければ、董卓らの離反を招いたかもしれない。

正と負。双方を兼ね備えていたからこそ今の状況を作ることができたのだ。

故に、彼の御仁を語るには、品行方正だの清廉潔白だの謹厳実直だの知勇兼備だのといった正の評価だけでは足りないのである。

腹黒外道という言葉が生み出す印象が強すぎて正の評価を押し流しているという意見もあるが、それはそれ。

なにが言いたいのかと言えば……現在弘農を治めている御仁こと李儒は間違っても民草が褒め称えるような善人ではないということであり、この呂布《りよふ》は今まさにその人物に呼び出しを受けているということだ。

「父上、またなにかやらかしたのですか？」

「最近はなにもしていない……はずだ」

「あなた。まずは誠心誠意謝りましょう。よほどのことがない限り太傅様なら赦してくれますとも」

「いや、だから、なにもしていない……ぞ？」

「「本当ですか？」」

くっ。洛陽や長安では随分と窮屈な思いをしていたためか、ここ最近は「ようやく自由に動き回れます！」と馬に乗って喜んでいた娘や、王允の手の者や王允に媚びを売る名家の連中から距離を取れたことで「ようやく煩わしい連中から解放されました」と喜んでいた妻からの視線が痛い。

……本当になにもしていないはずなんだがなぁ。

四

「太傅様と共に荊州へ出向、ですか？」

戦々恐々としながら執務室を訪れた呂布を待っていたのは、叱責や『最近暇そうだから文官として書類仕事をして下さい』といった感じの不条理な命令ではないものの、思わず首を傾げざるを得ない程度には不自然な命令であった。

「ええ。畏れ多くも皇帝陛下より『先だって孫堅殿が行った戦に関して詳細な情報を取り纏めよ』との命が下りまして。長安に手隙の者がいないということで某が派遣されることとなりまして。呂布殿は某の護衛という形になります」

「な、なるほど、その点は納得しました。ですが、わざわざ太傅様が足を運ぶ必要があるのでしょうか？」

呂布とて、数か月前に孫堅が起こした戦の目的が『荊州に蔓延《はびこ》る旧劉表の家臣たちを掃討するためのものだった』ことは知っている。

このため一時期荊州の統治に乱れが生じたものの、結果としてほとんどの旧臣たちを討伐することに成功しているので、孫堅は戦術的にも戦略的にも勝利したといえるだろう。

よって、彼らがどれだけの功績を上げたかを調べるために軍監を派遣するというのは呂布にも理解できる。

問題はその派遣される人員が、太傅という位人臣を極めた人物であるということだ。

どう考えても軍監として派遣されるような人間ではない。

加えて言えば、派遣する方が良くとも、派遣された方がとても困ることになるだろうことは想像に難くない。

かくいう呂布とて、目の前の人間が軍監として派遣されてきたら、襲い来る不安と絶望と恐怖のため三日三晩は眠れない日を過ごすだろう。

孫堅に対する懲罰としてはこれ以上ないものだと確信できるが、そもそも今回は勝ち戦だ。

罰を与えるのは筋が通らないではないか。

可哀想だから他の人間を派遣するべきでは？　という意見は、続く言葉によって封殺されることとなる。

「功績を称えるためであれば某が出向く必要はないのですがね」

「と言われますと？」

「長安の者たちは孫堅殿が敗北したと考えているのですよ」

「はぁ？」

聞くところによると、なんでも今回の戦は長安の文官たちの視点では『孫堅が討伐に失敗した』ように見えたらしい。

そこで彼らは鬼の首を獲ったかのような勢いで「孫堅に罰を与えるべきだ」と騒ぎ立てているのだとか。

呂布からすれば意味がわからない主張であった。

今回孫堅が退いたのは事実としても、それが一時的なものであることは明白。

そもそも本命と戦う前に後顧の憂いを断つのは兵法上の常道。

一度目の矢は牽制でしかなく、二度目の矢こそ本命なのだから、周囲は大人しく見ているべきではないか。

その結果失敗したなら、そのときこそ罰をあたえればいい。

実に真っ当な意見である。

呂布がその場にいて意見を求められていたらそう主張するし、他の武官だって同意するだろう。

劉弁も司馬懿もそのように上奏されれば、心から頷いていただろう。

しかしながら、その真っ当な意見が通じない人種というのは確かに存在するのだ。

「しかも今回に関しては、孫堅の評判を落とすために敢えて通じていない振りをしている節まであります」

「それは、なんとも難儀なことですな」

呂布ならずとも辟易するところだが、劉弁らとしても方向性に難はあるものの、ただ己の思っていることをそのまま上奏しただけで明確に罪を犯したわけでもない者を処分することは憚《はばか》られる。

尤も、無能――もしくは邪魔――者として認識された彼らに出世の芽はないのだが、だからといってこのまま放置していては劉弁の職務に支障が出る。

内容そのものは無意味な上奏とはいえ、正式な手段を用いてなされたのであれば目を通さなくてはならないし、何かしらの対策を取らなければ『新帝が文官を無視している』だの『新帝にはことの重大さが理解できていない』だのといった悪評が立ってしまうのだから。

それらを回避するためか、先日行われた朝議に於いて劉弁は自ら『まずは軍監を遣わして実際にどれだけ被害が出たか調べる。そのまま討伐できる程度の損失なら、そのまま討伐させればよかろう』と言い放ったそうな。

皇帝その人から「功臣に汚名返上の機を与える」と言われれば、それを否定できる者などいない。

そこで終わればまだ良かったのだが、あろうことか朝議の場で異論を唱えることができなかった者たちは、今度は自分が軍監となることで孫堅の足を引っ張ろうとしたのである。

「長安の文官に軍事がわかるのですか？」

呂布の口から出たのは呆れとかそういうのではなく、素朴な疑問であった。

「重要なのは軍事に対する理解ではありませんからね」

かつて黄巾の賊が大陸を荒らしていた際のことである。

冀州《きしゅう》方面の賊を担当していた盧植《ろしょく》の下に一人の査察官が訪れた。

その名は左豊《さほう》。

彼は盧植に賄賂を要求するも、けんもほろろに断られたため当時の皇帝であった劉宏に讒言をした。

それを聞いて怒った劉宏は盧植を罷免し、罪人として捕えるよう命じてしまう。

彼は一軍の将から一転し、獄に繋がれることとなった。

このとき左豊は、当時張角《ちょうかく》に協力的であった十常侍筆頭の張譲から、彼らの本拠地を攻め立てている盧植の足を引っ張るよう密命を受けていたという噂もあるが、それはそれ。

一人の将軍を左遷させ、大将軍であった何進を激怒させ、外れ籤《くじ》を引かされた董卓を激怒させ、新たな軍勢の編成やら無駄になった物資の補填やらなにやらをするため何日か徹夜をさせられた荀攸らを激怒させたのは、軍事的にも政治的にもさしたる知見を有していない、たった一人の小物なのである。

将を討つには剣も弓もいらぬ。

良く回る舌と一本の筆があればいい。

些か以上に歪な考え方ではあるが、これこそが武力を持たぬ文官の矜持なのだ。

それに鑑みれば、長安の文官が孫堅の足を引っ張ることはそう難しいことではない。

加えて、監視の目が厳しい長安を離れ、荊州という袁術が支配する豫州に隣接している地に赴くことは、彼らにとって得点稼ぎの機会となる。

劉弁とて自分が派遣した軍監が現地から届けた情報を無下にすることはできない。

よって、袁家に所縁のある文官を軍監として派遣することは、劉弁や孫堅の足を引っ張ることに直結する。

——ちなみに現在長安にいる文官の中で袁家にまったく所縁のない文官は極めて少数であり、その少数の文官もなんとかして袁家や楊家と繋がりを持とうとしている最中である。もちろん弘農関係者はその限りではないが、現在彼らは〝親征の準備〟という不正や誤魔化しが赦されない、極めて重要な仕事を任されているため荊州に派遣する余裕はない——

そのような理由から、劉弁は軍監を派遣すると明言したものの、その人員を長安にいる文官から選ぶつもりはなかった。

というか、最初から派遣する人員を決めてから方針を発表したと言った方が正しい。

「皇帝陛下の信任篤く、袁家と繋がりがなく、孫堅殿を軽く見ているわけではないと内外に示すことができる人物は限られております」

「そう、ですな」

そうとしか言えない。

「加えて、逆賊を討伐する際に足手纏いにならぬ程度の軍事的能力と知見。荒れた荊州を復興させるための政治的能力と知見。さらには、時に孫堅殿を叱責しその行動を戒めることができる胆力のある人材となると、某には荀攸殿くらいしか思いつきません。しかしながら荀攸殿は多忙を極めております。それこそ寝る暇もないほど働いておられるとか」

それに関しては貴方が長安に同行しなかったせいでは？　とは言わない。

呂布とて命は惜しいのだ。

まかり間違って死ぬよりも辛いと謳われる書類地獄なんかに落とされた日には、恥も外聞もなく泣きわめく自信がある。

「そこで白羽の矢が立ったのが某、というわけです」

「なる、ほど」

過ぎたるは猶及ばざるが如し。

呂布からすれば些か以上にやり過ぎだと思わないでもないが、そもそも最低限の資格を有しているのが彼しかいないのであれば彼を使うしかない。

それについては理解した。

次の疑問は、なぜ自分が荊州へ同行するのか？　ということだが、これについては事情を聴けば理解できる。

「某をお選びいただいたのは、某が元々弘農の警備体制に組み込まれていないから、でしょうか？」

「その通りです。問題はありますか？」

「ございません」

即答したが、実際に問題はなかった。

というのも、現在呂布が弘農にきてから数か月ほど経っているが、その立ち位置は未だ曖昧なものだった。

それはそうだろう。大将軍董卓の養子にして、逆賊王允の養女を妾にした男だ。

どのように扱うのが正解なのかわかる人間などいない。

命令を下せるのも李儒か劉協しかいないため、必然的に呂布の仕事は李儒や劉協の護衛のようなものでしかなかった。

そういう意味では、李儒と共に荊州へ赴くのは自然なことなのだろう。

それ以前の問題として、元々呂布は武官として働くために呼び出された身である。

しかし、現在漢の中で最も治安が良いとされる弘農では、武官として功を立てることはできなかった。

いわばタダ飯ぐらいである。

その上、己の立場や名誉だけでなく、家族の命と安全まで護ってもらっている。

肩身の狭さは相当なものであった。

そこに『戦地に赴くから同行せよ』という武官の本分ともいえる命令が下されたのだ。

異を唱えることなどできようはずがない。

というか、内心では（良かった。暇そうだから書類仕事に専念してくれと言われなくて、本当に良かった！）と、本気で喜んでいた。

ある意味では非常に失礼な態度なのだが、所詮は内心でのことである。

その内心でも今回の人事に文句を言っているわけではない。

そのため特に問題にはならなかった。

尤も呂布の考えていることなど、目の前で観察していた李儒の眼には明らかであったため、彼は（荊州にいるうちは書類仕事を重点的にさせてやろう）などと考えていたが、それも所詮は内心でのこと。

この日、弘農の執務室には、残された役人たちのために引き継ぎ資料を作ろうとする李儒と、武官として真っ当な仕事を与えられて喜ぶ呂布の姿だけがあったそうな。

こうして正史に於いて曹操《そうそう》からその知略を恐れられた男、李儒と、その武力を恐れられた男、呂布は揃って荊州へと赴くこととなった。

なお、後日このことを知った孫堅は絶望とともに胃と頭を押さえることになるのだが、それはまだ後の話である。

五二　幕間一　荀家の男

五月　長安

「よもやこれほどまでに動きがあるとは……どれだけ狩っても匈奴《きょうど》の数と無能の種は尽きぬとはよく言ったものよ」

劉協とともに長安に入り、重臣として名家の纏め役を務めつつ長安の政や洛陽の復興作業のためにその知恵を使っていた荀攸は、軽い手慰みと思ってやった行為に己の予想をはるかに上回る反応があったことを受けて、思わずそう独り言ちていた。

荀攸がしたこととは『弘農で無聊《ぶりょう》をかこっていた太傅が、勅命によって呂布を護衛として荊州へと赴くこととなった』と、いう情報をいち早く広めただけであった。

なんのことはない、少し待てば誰でも手に入れることができる情報だ。

敢えてこの情報に価値を付けるとすれば「自分が荊州へ行く！」と鼻息荒く息巻いていた文官たちの頭を冷やす効果がある程度だろうか。

荊州に軍監を送るという話が出てからというもの、なぜか『自分を軍監にしてくれ』と熱心に付け届けを送ってくる《自殺を志願してくる》者たちをあしらうことに疲れていた楊彪からすれば実にありがたいことだろうが、決してそれ以上の価値はない。

しかし、この報は長安にいた多くの名家閥の者たちを動かした。

まず、この情報を聞いた多くの者はこれを『都落ち』と捉え、かつては皇帝の教育係まで上り詰めた男の末路を嗤った。

なにせ拠点としていた弘農から離された上、世界の中心である長安に招かれるのではなく、弘農以上に長安から離れた地である荊州へと送り込まれるのだ。

これを凋落と捉えるのは、当時の常識としてはなんら間違ったことではない。

また、命令を下した皇帝劉弁も命令を受けた李儒も、周囲に対して特に説明やら弁明やらをしなかったことも、この流れに拍車をかけていた。

最大の後ろ盾と目されていた李儒が左遷されたことを受け、長安にいる者たちの間には『これから長安に於いて弘農派の一掃とそれに伴う楊彪派による官職の独占が行われる』という噂がまことしやかに流れることとなる。

もちろんその噂を流したのは自分たちの派閥で官職の独占を狙う楊彪……ではなく、これから一掃されると予想されている弘農派の筆頭のような扱いを受けている男、荀攸であった。

彼からすれば「今更この程度の情報が回ったとて騒ぎたてるような阿呆はいないだろうが、まぁ一応な」という、謀略でもなんでもなく、ただ『あの男が動いたのになにもしないのは勿体《もったい》ない』という理由で噂を流してみたのだが、その効果は絶大であった。

周囲から権力争いの勝者と見做された楊彪の下には、日々大量の付け届けと弘農派と目される者たちに対する讒言の数々が贈られてくるようになった。

それに付随してか、荀攸らの仕事を妨害してくる連中が増加の一途を辿ることになった。

「ここまで阿呆な真似をしてくるとは……」

完全に想像の埒外であった。

確かにこれまでも忘却を装ったサボタージュはあった。しかしそれはあくまでさりげないものであり、言い訳も用意されていた。しかしここ最近は違う。

相当の阿呆でもなければ理解できる程にあからさまに邪魔をしてくるようになったのだ。

それも荀攸の部下相手にするのではなく、荀攸本人を相手にしてやってくるのである。

破落戸《ごろつき》と名高い李傕《りかく》と郭汜《かくし》でさえそんなことはしない。というかできない。

それこそ司馬懿や徐庶、なんなら劉弁でさえも彼を怒らせるような真似はしない。

なぜならこの荀攸という男は――李儒の黒さに隠れがちだが――謀略を得意とする超一流の策士なのだから。

そもそも荀攸は漢に名だたる名門、荀家の人間、それも中枢にかなり近い位置にいる人間である。

荀子《じゅんし》はその思想から儒家の中にも敵が多かった。

さらに皇帝からも好かれていなかったため、自分たちの身は自分たちで守らなければならなかった。

数百年の間、権力の闇と向き合ってきた荀家が蓄えてきた力と知識は並ではない。

普段はそれを使うことはないが、それはあくまで使わないだけの話。

彼はその気になればいつでも、地獄の蓋を開けることができるのだ。

そんな人間を徒に怒らせる人間など存在しない（正確には一人だけいるが、その外道とてサボりや讒言で彼を怒らせるようなことはしなかった）。

「これが、舐められるということか」

名家の生まれであり、幼少のころからその聡明さを称えられてきた荀攸にとって、ここまでコケにされたのは生まれて初めてのことだった。

それも、相手は同格や格上の相手ではない。

明らかに能力も家の格も格下の連中からコケにされたのだ。

これで怒らないほど、荀攸という男は達観していない。

頭に血が昇るということを、言葉ではなく心で理解した。

袁紹や袁術のように必要以上に面子《メンツ》を重んずる連中を見下していたこともあったが、これからは考えを改める必要があるとさえ感じたほどであった。

「自分が舐められるのは、まだいい。己の能力不足と自省しよう。しかし自分を産み育ててきた荀家と、自分を重用している皇帝陛下を舐めるのはいただけぬ」

嫌がらせにも限度と作法というものがある。

彼らは一線を越えてしまったのだ。

もしかしたら、連中とて荀攸を舐めてはいても、荀家や皇帝を舐めているつもりはないかもしれない。

しかし、もはやそんな言い訳は通用しない。

そもそも『荀攸の仕事の邪魔をする』という行為は『皇帝の政の邪魔をする』という行為である。

今の長安に於いて荀攸が行っている仕事の重要さを理解できない人間にどのような価値があろう。

もしそれを理解した上で邪魔をしているなら、それは立派な反逆である。尚更生きる価値などない。

「……絶対に許さんぞ、虫けらども」

荀攸はキレていた。今までにないほどキレていた。

初めての経験だからこそ、制御ができない程にキレていた。

もしもこの場に李儒がいれば「今回に関しては自業自得では？」とツッコミを入れたうえで処分する対象や量刑を決めるよう提案していただろうが、幸か不幸かこの場に荀攸を諫めることができる者はいなかった。

しかして荀攸は策士である。

〝怒りに任せて報復〟などという品のない真似はしない。

「じわじわとなぶり殺しにしてくれる……」

あくまで静かに。

あくまで法に則って。

さりとて絶対に逃がさない。

現行犯ならそのまま連行。

隠れてやっているなら証拠をつかんで連行。

証拠を見せないならこちらで証拠を造って連行。

連行されるのを恐れて逃げるなら捕まえて連行。

開き直って逃げないならそのまま連行。

もちろん連行された者たちが帰ってくることはない。

こうして静かにキレた荀攸の手によって楊彪派に所属している役人たちが相当数処分されることとなった。

一応楊彪も派閥の領袖として苦情を申し入れたのだが、その抗議も形だけのものでしかなかったため、大した効果は上げられなかった。

結果として荀攸は、これまで数を減らすことができなかった楊彪派の、ひいては袁家と所縁のある文官たちを処分することに成功したのであった。

そうこうして、全てが終わったあとですっきりとした荀攸の脳裏に一つの可能性が浮かび上がった。

「……もしや彼は最初から私がここまでやることを見越していたのではないか？」

自分が噂を利用すること。

周囲の文官たちがそれを大げさに受け取ること。

それにキれた自分が大掃除に乗り出すこと。

結果としてこれまで手が出せなかった楊彪一派の数を削ること。

どれも憶測にすぎない。しかし感情に任せて行動を取ったことを自覚していた荀攸にとって、この憶測は否定できるものではなかった。

後日、荀攸は『不逞を働いていた』という大義名分で以て楊彪派の文官たちを処分することに成功したことを喜んだ皇帝劉弁より賞賛の言葉と褒美を与えられることになるのだが、それを当人が喜んだかどうかは本人のみぞ知るところである。

五三　幕間二　袁家の男

長安にて荀攸による大掃除が行われる少し前のこと。

『太傅が荊州へ軍監として派遣された』との情報を得た諸侯の反応は、大きく分けて二通りのものがあった。

まず一つ目は、孫堅に同情と哀悼の意を示しつつ、皇帝と件の外道の狙いを推察するもの。

これは董卓や曹操や劉虞といった、件の外道や皇帝に近しい人間がこういう反応を示していた。

二つ目は、長安の人間と同じく『都落ち』を嗤うもの。

これは件の外道と直接面識がない、もしくは件の外道を見下していた人間の多くが該当した。

つまりそれは、長安から離れたところにいる大半の人間がこちら側であることを意味している。

それは長安から離れた豫州は汝南に在って、常日頃から長安政権への不満を隠そうともしていない人物にとっても同じことであった。

しかし、ことはそう単純なものではなかった……。

五月上旬　豫州汝南郡汝陽県

「忌々しい連中めっ！」

四世三公の家として漢にその名を轟かす汝南袁家の当主、袁術は激昂していた。

その怒りは、持っていた盃を地面に叩きつけてもなお収まりきらないほどであった。

元々短気な所がある彼だが、それでも名家の御曹司らしく表面を取り繕うことは苦手ではない。

そんな彼がここまで怒りをあらわにすることは極めて珍しいことであった。

彼が怒り狂う理由は多々あった。

最大の理由は、袁術が今の自分の立場に納得ができていないことだ。

大前提として、現在袁術は漢帝国から正式に汝南袁家の当主として認められている。

そう、これまで幾度となく袁家の当主を僭称《せんしょう》していた袁紹ではなく、袁術こそが汝南袁家の正統な当主なのだ。

そうであるにも拘わらず、未だに家中では袁紹と袁術を秤にかけている者が多くいるのである。

さすがに正面切ってそれを伝える者はいないが、袁術とて馬鹿ではない。

自分に阿る連中が時折試すような――もしくは比べるような――視線を向けてきていることを理解できる程度の能力は有しているのである。

配下が自分を試すことも気に喰わなければ、袁紹と比べられることも気に喰わない。

常時そのような視線に晒されていれば、ストレスが溜まるのは当たり前のことであろう。

尤も、これに関しては袁術にも非がないわけではないのだが。

〝治世ならまだしも乱世に於いて人の上に立つ人間が試されるのは当たり前の話〟というのもあるが、そもそも袁家がここまで衰退したのは、袁紹や袁術が多大なやらかしをしたせいである。

まず袁紹は、宮中侵犯に始まり、宦官粛清、何進暗殺、洛陽からの逃亡、反董卓連合の結成、そして洛陽への進軍と、どれか一つをやらかしただけでも逆賊認定まったなし。一族郎党全てが罪人として処罰されるような大罪を犯している。

これほどのことをした者を排出した家が未だに残っていること自体が奇跡と言っても過言ではない。

誰から見ても情状酌量の余地がないほどの大罪を犯した袁紹と比べ、袁術がやったことは、反董卓連合に副盟主として参加して連合の兵站《へいたん》を支えつつ自身も洛陽へ兵を向けたくらいだろうか。

袁紹と比べると罪が少ないように見えるが、本来であればこれだけでも逆賊認定されるには十分な反逆行為である。

よって反董卓連合がその目的を果たせず瓦解した時点で、反董卓連合の主導的立場にあった袁術は逆賊として認定、袁家に所縁のある者たちは一人残らず処刑されていただろう。

そんな絶体絶命の危機を救ったのは、宗室の一員でありながら反董卓連合を後方で支えていた群雄の一人であった劉表を打ち破った功臣、孫堅であった。

彼が多大な功績を挙げることができたのは、袁術率いる汝南袁家の助力あってのこと。

長安にいた楊彪らはそういって袁家を擁護した。

実際『袁術が――孫堅に嵌められたとはいえ――兵糧や物資を集め、それを襄陽で補給するという口実を用意したからこそ、劉表はあっさりと襄陽の門を開けたのではないか』と言われれば、孫堅とて首を縦に振るしかない。

当事者たちの思惑にどれだけの齟齬《そご》があろうと、事実は事実。

〝反董卓連合を瓦解させる一助となった袁術の功績は決して小さくない〟という事実は変わらないのだ。

この功績を以て汝南袁家はその存続を赦されたのである。

しかし、しかしだ。

実際に袁術がしたことは袁家を危うくしただけであり、彼が汝南袁家の存続に何らかの寄与をしたわけではないという事実もまた変わらない。

そのため袁家の家臣たちは『また袁術がおかしなことをしないだろうな』と警戒せざるを得ないのである。

そのため袁術を見る視線に、探るような、はたまた比べるような感情が交ざるのは仕方のないことと言えよう。

要するに袁術の自業自得である。

被害妄想とも言えるかもしれない。

もちろん、袁術が気に入らないのは、家臣からの視線だけではない。

世の中から孫堅の添え物のような扱いを受けていることも気に喰わないし、長安政権が自分たちの関係者を重用しないのも気に喰わない。

なにより長安にいる楊彪から『少し落ち着いてくれ』と苦言を呈されたのが気に喰わない。

「なにが『落ち着け』だ！　黙っていたら孫堅めに全てを奪われるわ！」

数か月前に行われた荊州に於ける戦闘の詳細は袁術にも届いている。

実戦を知らない長安の文官と違い、実戦経験豊富な袁術の配下たち――袁術ではない――は、孫堅の狙いが劉琦ではなく荊州に散った旧劉表の配下たちを討伐することだったことを摑んでいた。

このままでは孫堅の影響力が盤石なものとなってしまう。

そう考えた袁術は、配下の者に孫堅を貶める噂を流すよう命じたのだ。

最良は、下賤《げせん》の血が流れているにも拘わらず皇帝を名乗る愚帝がその噂を信じて孫堅を罷免すること。

次善は荊州に派遣されるという軍監にあることないこと報告させて孫堅を罷免させる、もしくはその動きを封じて内部に隙をつくること。

最悪でも孫堅が討伐した旧劉表の配下たちに代わる人員を、袁家に所縁のある者たちから選出させることができれば、政治的に孫堅を縛ることができる。

このように、今回袁術が仕掛けた策はどう転んでも袁家が得をする良策だったのだ。

「それを、それを！　……太傅が軍監だと？　どうかしている！　それを命じる方も、それを受ける方も正気ではないわ！」

それが覆されてしまった。それも子供の思い付きのような一手で。

これでは袁術でなくとも怒りを覚えるというものだろう。

袁術は李儒と面識がない。

そのため李儒については、弘農に根を張るそこその名家の生まれであること以外、噂でしか知らなかった。

曰く、何進の腰巾着。

曰く、董卓の腰巾着。

曰く、皇帝の腰巾着。

総じて、立場を弁《わきま》えず強者に擦り寄ることで栄達を果たした小僧ということしか知らなかった。

袁術の耳に入る情報が偏っていることに関しては、亡き袁隗らが〝同世代――李儒の方が一〇歳若い――である李儒と比べられて劣等感を抱かないように〟と配慮をした結果なのだが、その指示を出した本人たちが亡き今となっては袁術がそのことを知ることはない。

真実を伝えた方がよかったのか、それとも伝えなかった方がよかったのかはさておいて。

噂を信じるのであれば、李儒は汝南袁家の当主である袁術からすれば取るに足らない小物だ。

しかしながら、強者を嗅ぎ分ける嗅覚と強者に擦り寄る早さには目を見張るものがあるし、なにより彼は袁隗らでさえ死を回避できなかった動乱の洛陽を泳ぎ切った人間である。

そのことを重く見た袁術の配下は、李儒の情報を集めることにした。

情報の取扱いに厳しいのか簡単にはいかなかったが、そこは世に名を馳せる汝南袁家。様々な伝手を利用して李儒の為人《ひととなり》を探ることに成功していた。

その成果は以下の通りである。

曰く、性格が悪い。

曰く、儒の教えを守ろうとしない異端者である。

曰く、年長者や上位者に対して礼を尽くすことがない無礼の輩である。

曰く、漢の権威を貶める悪逆の徒である。

曰く、おおよそ人とは思えないほどの外道である。

曰く、選び抜かれた文官が恐れるほどの外道である。

曰く、生粋の武官も恐れる程の外道である。

曰く、あの董卓ですら恐れる外道である。

……おおよそ太傅として位人臣を極めた人物を評したとは思えないほど悪評だらけであった。

若輩者に対する嫉妬の気持ちがあるとはいえ、世評が全てと言っても過言ではないこの時代に於いて、ここまで悪評を垂れ流されるのは尋常なことではない。

そして尋常ではないことがもう一つある。

それは、ここまで悪評が垂れ流されているにも拘わらず、彼が失脚していないことだ。

洛陽や長安といった伏魔殿に於いて、悪評とはすなわち付け入られる隙である。

通常、これだけ大きな隙を晒した者が辿る道は一つしかない。

しかしながら、李儒は一度たりとて失脚やそれに準ずる処分を受けたことがない。

それどころか順調に出世している。

これが、彼の人物が尋常ではない証拠でなくてなんだというのか。

そしてもう一点、担当者と袁術を驚かせた報告がある。

それは、長安に於いて袁術に代わって袁家の利益代表者を代行している楊彪から送られてきた書簡の中にあった。

それにはこう記されていた。

『自分如きで推し量れる人物ではない。軽々に触れるな、関わるな』と。

四世太尉の家、弘農楊家が現当主、楊彪が推し量れないとはどれほどの人物なのか。

衝撃を受けた担当者がもう一度報告を読み返してみると、一つのことに思い当たった。

あれだけ悪評がありながら、どの報告書にも、一言も〝無能〟のような能力を否定する言葉が書かれていない。

そのことを念頭に置いて李儒が関係したと思われる事柄について調べてみれば、数日調べただけで大量の書簡が積み重なることとなった。

それは李儒のことを擁護するつもりがない担当者をして「どうしてこれだけの仕事をしている人間が悪評塗《まみ》れなのか」と嘆くほどの量だった。

反董卓連合との戦の最中に行われた遷都を主導したことはもとより、遷都後の統治に関するあれこれや、洛陽の復興作業の手順を整えたり、涼州に於ける農地改革にすら関わっていることが判明したのである。

それらの情報を得た担当者は袁術に対してこう報告している。

「李儒はただの腰巾着ではない。少なくとも極めて優秀な官吏である」と。

李儒のことを快く思っていなかった袁術とて、信頼を置いている部下から証拠付きで報告をされては納得するしかなかった。

そう。袁術は李儒を極めて優秀な官吏であると認めていた。

だからこそ、その李儒が荊州へ下向することに怒りを覚えたのである。

「あやつが荊州に居座れば、荊州の混乱など瞬く間に鎮めてしまうだろう。そうなれば孫堅の隙がなくなってしまう。いや、それどころか今以上に強化されてしまうではないか！」

（このままでは、孫堅の足を掬うために用意したはずの策が、かえって足場を固めることになってしまう。単純に面白くないし、なにより、ただでさえ周囲から比較されるような目を向けられている中でこのような失策はまずい！）

太傅の下向という皇帝劉弁が司馬懿の助言を受けて軽い気持ちで打ったこの一手は、袁術らが行っていた長安での工作を無駄にしただけでなく、荊州での工作もまた無意味なものにしてしまったのである。

これを巻き返す良策は、今のところ存在しない。

「おのれ愚帝！　下賤の輩め！　由緒正しき名家である汝南袁家が貴様の思い通りになると思うなよ！」

この日、袁術はこれ以上ない程に激昂した。怒りすぎて倒れるのではないかと心配されるほどであった。

しかし、そうは問屋が卸さない。

自他ともに〝これ以上怒ることはないだろう〟と思うほどにキれた翌日のこと。

「りょ、呂布が一緒にいるだとぉ!?」

反董卓連合に参加した自分たちを散々追いかけ回した男が李儒と共にいると聞いた袁術は、文武で付け入る隙がなくなったことを突きつけられたような気がして再度キれた。

それから数日後。

「もう大丈夫だ。ここまで怒ったらもう何があっても怒らん」

そう嘯いた袁術だったが、その半月後、長安から齎された報せを受けて彼は再度激昂することになる。

「荀ッ!?　がぁぁぁぁぁぁぁぁ!!」

報告をする家臣としても「これ以上はいけない」と思いながらも、得た情報は報告をしないわけにもいかないわけで。

暫くのあいだ汝南では、立て続けに凶報に襲われてキれる袁術とそれに当たり散らされる配下たちの姿が散見されたそうな。

彼らは間違いなく不幸だろう。

しかしながら、彼らを、汝南袁家を襲う不幸の連鎖はこの程度では終わらない。終わるはずがない。

なぜなら、絶対権力者である皇帝劉弁とその腹心である腹黒外道が彼らを【完膚なきまで滅ぼす】と決めているのだから。

袁家に齎される受難はまだ始まったばかりである。

五四　荊州にて

一

「さて」

此度劉弁の命令で荊州へ行くことになった俺である。

正直住み慣れた弘農から離れたくなかったが、皇帝陛下から直々に『働け』と言われてしまった以上どうしようもない。

それに、俺を派遣しようとする劉弁らの狙いは理解できる。

長安で意味のわからない上奏をしてくる連中を抑えるためであり、現地で袁術の息が掛かった連中が騒ぐのを抑えるためだ。

荊州に於いて旧劉表の家臣や、それに従って蜂起した土豪たちの数は少なくない。

今の段階でそれらを討伐できたことは、後顧の憂いを絶つという意味では成功だろう。

しかし、敵対した連中を容赦なく狩った結果、今度は荊州の政に穴が開くという憂いが生じてしまった。

それを補塡するための人員が俺というわけだ。

土豪たちがやっていた作業程度であれば、本人がいなくともなんとでもなる。

むしろ不正をしていた連中が根こそぎ消えたのだから、より簡単に纏めることができるだろう。

あとは役人たちを教育すればいいだけの話。

官吏としての悪徳に染まっていない連中であれば『仕事は確実に。不正はほどほどに』というモットーを刻み付けることも難しい話ではない。

実際、弘農ではできたからな。

しかしまぁ、そうした教育や書類仕事だけで済めばいいが、そうもいくまい。

間違いなく混乱はあるだろうし、混乱に乗じて動く連中もいるだろう。

劉琦の関係者はほぼ狩りつくされたが、袁家の関係者とか、劉繇の関係者とかはまだいるだろうし。

そいつらを討伐させるために呂布を連れて行くのだ。

弘農ではやることがなくて無聊を囲っていたようだが、荊州ではしっかりと仕事をしてもらう予定である。

あぁ、あと、ついでに孫堅の武功を確認してそれにふさわしい褒美を渡す役もあったか。

今まで彼に送られてきた褒美は、褒美であって褒美じゃなかったからな。

普通であれば郡太守だの州牧への昇進は褒美以外のなにものでもないのだが、孫堅のような生粋の武官からすれば、それらは煩わしさが増えただけのこと。言わば嫌がらせでしかない。

褒美と謳う以上、相手が喜ぶものを送るべきだろう。

というか、いい加減孫堅が望む褒美をやらないと、彼がキれそうで怖い。

堪忍袋もそうだが、どこかの血管がキれそうで怖い。

嫌だぞ、俺は。歴史に名を遺した英傑の死因が昇進による憤死とか。

尤も、孫堅の負担は今回の人事によって大幅に軽減されるだろうから、問題はない。

問題があるとすれば、準備が整い次第親征を行う予定となっている劉弁たちの方だ。

おそらく親征は失敗する。

もちろん討伐目標である劉焉《りゅうえん》が決戦に乗ってくれれば、問題はない。

皇甫嵩《こうほすう》率いる官軍と淳于瓊《じゅんうけい》率いる西園軍であれば、万単位の軍勢と戦った経験がない益州勢なんざどれだけの数がいようと鎧袖一触で蹴散らすことができる。これは希望的観測ではなく、純然たる事実である。

だからこそ、益州勢は籠城策を選ぶはず。

問題はここだ。

天然の要害たる益州は、守りやすく攻めがたい土地である。

大軍を展開するスペースも多くないこともあり、攻める場合は極めて難しいかじ取りが求められる。

また、長安から益州に入るためには張魯《ちょうろ》が治める漢中を落とさなくてはならないことも問題だ。漢中は史実に於いて長安周辺を荒らしまわった李傕や郭汜はもとより、華北と中原さらには涼州を完全に平定した曹操でさえ一時は正面からの攻略を諦めたほどの難所である。

しかも曹操と交戦したときの張魯は劉焉の子である劉璋と袂を分かっていたが、今は大人しく劉焉に従っている状態。

これを落とすのは簡単ではない。

史実を知る自分だからこそ、益州から物資や軍勢の援助を受けられる状態の漢中を落とすことの難しさを理解できているが、長安にいる劉弁や司馬懿がそれらのことを正しく理解できているだろうか。

苦戦する可能性は考えているだろう。

だが負けるとは考えていないはずだ。

そもそも失敗するとわかっているなら親征などしないしさせない。させるべきではない。

俺なら何度か出兵を繰り返して益州の兵や物資を削ったあと、確実に勝てると判断できる状態になってから初めて劉弁に出陣を促す。間違っても最初から劉弁を出すような真似はしない。

「現状劉弁らがどこに勝ち筋を見出しているのやら……。一番簡単なのは内応策だが、これはない。次いで荊州から兵を出すことだが、これも難しい」

最初の障害である漢中を落とすことさえ、難しいのだ。

三国志演義では楊松《ようしょう》なる人物が賄賂を貰って寝返ったとされるが、彼はあくまで架空の人物であり、史実に於ける漢中勢の中に張魯を裏切って曹操についた者はいない。

絶対的な権力と圧倒的な兵力を有していた曹操に降らなかった者たちが、皇帝とはいえそれらを備えていない劉弁に降るはずがないのだ。

また、劉弁は早くから劉焉を逆賊認定しており、その配下もまた処分の対象であると公言している。

その言葉の重さは、通常恩赦が与えられる即位の際であっても、新年を祝う宴の際であっても、誰に対しても恩赦を与えなかったことからもうかがえる。

よって今も劉焉に従っている将兵はこう考えているはずだ。

自分たちを赦すつもりがないのであれば徹底抗戦するしかない。

自分たちが彼らを引き付けている間に袁紹らが動けば、劉弁も引き上げざるを得ないだろう。

そもそもが遠征軍だ。補給は簡単ではない。

まして幼い皇帝が長期に対陣できるはずがない。

どうせ我儘を言って無謀な突撃をさせるか、将兵の士気を下げるような命令を出すだろう。

そのときに被害を与えてやれば、這《ほ》う這《ほ》うの体で逃げるはず。

その後はこちらが有利になる形で講和すればいい。と。

劉弁の方針もさることながら、明確な勝ち筋が見えているが故に内応策は通じないと見ていいだろう。

では史実に於いて劉備《りゅうび》が行ったように、荊州から入蜀するのはどうかというと……端的に言ってこちらも現実的ではない。

そもそも劉備が入蜀したきっかけは、張魯と敵対していた劉璋が援軍として彼を招いたからである。

そのため劉備の軍勢は誰からも邪魔を受けず、それどころか道案内を用意された上で益州へ乗り込むことに成功した。

無傷で内部に入った劉備は、要衝として知られる葭萌関《かぼうかん》に駐留し、実効支配した後に南下。奇襲と人質作戦を駆使して白水関を落とし、李厳《りげん》がいた綿竹や張任《ちょうじん》らがいる雒城を攻略。

その後は丸裸になった成都を囲んで劉璋を降伏させている。

こうしてみると簡単に攻め落としているように思えるかもしれないが、実際に劉備が葭萌関から南下を開始してから成都を攻略するまでに要した期間は約二年である。

おわかりいただけるだろうか。

無傷で懐の中に入ることに成功した軍勢――それも龐統《ほうとう》、魏延《ぎえん》、黄忠《こうちゅう》を始めとした歴戦の将帥を擁した軍勢――がいて、法正《ほうせい》や孟達《もうたつ》といった内通者がいて、地図や食料なども十分にあり、その上で奇襲を仕掛け、なんなら人質作戦まで酷使した上で、優柔不断の人と罵られていた劉璋を打ち破るのに二年を必要としたのだ。

これだけでも益州の攻略がどれほど難しいことなのかがわかるだろう。

尤も、有利な点もある。

今の段階では劉備が入蜀したときと比べて張魯や劉焉の地盤は固まっていないだろうし、三輔飢《き》饉《きん》や中原の動乱が深刻化していないため、李厳を始めとする優秀な人材が益州に流れていない。

張魯らと戦っていたころと比べれば個々の経験も劣るはずだ。

故に付け入る隙がないわけではない。

しかし、しかしだ。

それらのプラス要因を覆す要因が存在する。

現在益州を支配しているのは劉璋ではない。

その親、劉焉である。

一頭の羊に率いられた獅子の群れを恐れる必要はなくとも、一頭の獅子に率いられた羊の群れは恐れるに値する。

アレキサンダー大王が言ったとされるこの言葉と、現在益州勢が置かれている状況を念頭に置いて考えれば、今の益州勢は、(老いてはいるものの)経験豊富な虎に率いられた窮鼠《きゅうそ》の群れである。

これを警戒しない策士などいない。

故に俺ならまだ動かない。あえて戦力を逐次投入して益州勢を損耗させつつ、荊州が落ち着くのを待つ。その間も工作を行い、益州を乱す。本格的に動くのはそれからだ。

そうするのが正しいと確信しているが、ただまぁ、これらはあくまで俺の考えでしかない。

歴史に名を遺す司馬懿や荀攸がこの程度のことに考えが及ばないはずがないんだよ。

つまり彼らには、俺が及びもつかないような策があるはず。

なかったら？　それはそれで構わない。

どうせ最終的には勝てるのだ。ならば楽しんだ方がいいだろう？

「慢心か余裕か。鬼策か愚策か。見せてもらおう、司馬《しば》仲達《ちゅうたつ》の智謀の冴えを」

二

益州親征に関しては続報を待つとして。

国家に仕える公僕として、自分に与えられた仕事はきちんとこなさねばならない。

というわけで、弘農に残る連中に仕事の引継ぎや有事の際の連絡方法などを徹底的に叩き込んでから、荊州で書類仕事をさせる予定の文官衆約一〇〇人と、呂布が率いる護衛兼援軍の兵二〇〇〇を引き連れて出立。

荊州に入り南陽郡は宛県にて中原の情勢を警戒している朱儁《しゅしゅん》将軍に挨拶と状況の説明をしたのち、襄陽へと移動。

南陽は、一時期黄巾賊の主力の一つであった張なんたらが暴れていたり、反董卓連合の際に袁術が拠点としていたこともあって全体的になかなかの荒廃具合であったが、徐々に復興の兆しが見え始めていた。

この分であれば一〇年後にはかつての隆盛を取り戻せるかもしれないと思わせるには十分な光景であった。

尤も、どこぞの属尽が南陽郡の南にある新野に入って好き勝手したり、夢見がちな若造が空城計を仕掛けるために住民を扇動して強制的に移動させたり、それらを賄いきれなくなったからといって肉盾として使いつぶそうとしたりした場合はその限りではないが……今のところ荊州にその属尽を迎え入れるような下地はないので問題はないと思いたい。

将来のことはさておいて。俺としては途中で賊や賊を装った袁術あたりの手の者に襲われる可能性も考えていたのだが、さすがに万全の警戒態勢を敷いていた二〇〇〇の兵に襲い掛かってくるような連中はいなかった。

袁家の連中にも最低限の理性は残っていたようでなによりである。

そうこうしているうちに、宛や新野といった三国志ファンであれば一度は聞いたことがある県を有する南陽郡と、今は亡き劉表が拠点としていた襄陽がある南郡を隔てる大河、漢水をその視界に入れることができた。

そのまま船を利用して対岸に上陸し、数日進んで襄陽に到着した。

　この移動にかかった期間はおよそ一か月。本来の予定では三週間ほどで到着する予定だったが、復興具合の確認や、途中にある都市に金を落とすという大義名分のもと、三国志好きによる聖地巡礼を含めた観光のようなことをしていたため多少時間がかかってしまったことは否めない。

　しかしながらそこは古代中国。広大な土地を移動するにあたってこの程度は誤差の範囲内――もちろん移動の途中に報告をする必要があるが――なので、お咎めなどはなかった。

　今の荊州に俺を咎めることができるような人物がいないというのもあるが、それはそれ。

　現在孫堅は江陵にて水軍の訓練やらなにやらをやっているとのことなので、俺たちもまた江陵に向かうこととなった。

　文官たちの中から「呼び出さないのか？」という声もあったが、ちゃんちゃらおかしい。

　そもそも俺は軍監として荊州に派遣されているのだ。

　実際に劉琦と矛を交えた軍を見ないでどうしようというのか。

　そう告げたところ、文官たちは衝撃を受けたのか目を見開いたまま固まったが……こいつら大丈夫か？

　劉表が中原から逃れてきた名家の子息たちを集めて重用していたことは知っているが、あまりにも危機管理がなっていない。なんなら孫堅に襄陽を奪われたことを反省する気配がまるでないように感じられる。

　あれだろうか〝自分たちは赦されたから大丈夫だ〟とでも考えているのだろうか。

もし連中がそう考えているなら『甘い』と言わざるを得ない。

今のご時世、家柄だけの無能者を養う余裕はないし、なにより俺に連中を優遇するつもりがない。

彼らにはしっかり給料分働いてもらう所存である。

なにせ連中は随分と高い給料をもらっているようだからな。

それに見合う仕事となると、はてさて。何日持つことやら。

ちなみに、逃げたら捕まえて殺す。

逃げなくても仕事ができなければ殺す。

もちろん不正を働いても殺す。

劉表や孫堅の手で荊州にいた土豪もあらかた一掃されたことだし、生き残ったゴミも処分しなきゃいかんだろうよ。

もし長安にナニカを訴えても無駄だ。

向こうからなにか言ってくる前に処分するだけの話。

もしなにか言われても「処分した後です」と返してやるさ。

その場合は、史に己を否定するような内容を書かれることを警戒し周囲の反対を押し切って蔡邕《さいよう》を獄死させた某老害の司徒や、自分の実子に家督を継がせるために養子であった劉封《りゅうほう》を殺した某属尽や、判断ミスの責任を荊州閥の代表格であった馬謖《ばしょく》に押し付けて殺した某丞相のように涙を流した方がいいだろうか？

そうすれば後で誰かが『泣いて○○を斬った』なんて美談にしてくれるだろうからな。

……こうしてみるとあの連中は本当にろくでもねぇ連中だったんだな。

権力を持たせないよう警戒しておこう。


〜〜

六月中旬　荊州南郡　襄陽

「おぉ！　やはり義兄殿も参られましたか！」

「うむ。さすがに今日は、な」

この日、荊州に住む名士たちの大半が宮城へと出仕していた。

その中には龐徳公《ほうとくこう》や司馬徽《しばき》といった、劉表や孫堅からの招聘《しょうへい》に応じなかった者たちも数多くいた。

ちなみにこの龐徳公。今でも人物鑑定の大家として有名ではあるのだが、後世ではそれに加えて身内に恥ずかしい二つ名を付ける人物ということで知られている。

著明なものであれば、自分を兄と慕う司馬徽には【水鏡】と。

義理の娘の弟（諸葛亮《しょかつりょう》の姉が彼の子供と結婚している）である諸葛亮には【伏龍】と。

甥の龐統《ほうとう》には【鳳雛】と名付けている。

身内贔屓《びいき》しすぎでは？　と思わなくもないが、この時代の二つ名は身内同士でつけて喜ぶのが普通だったし、なにより司馬徽も諸葛亮も龐統もそれぞれ一廉《ひとかど》の人物ではあったので、特段彼が身内に甘いわけではない……ということにしておこう。

そんな彼らの目的は、もちろん荊州に下向してきた太傅その人。

ある者は今上の皇帝と強い繋がりを持つ彼と誼《よしみ》を通じるため。

ある者は孫堅に対して強い影響力をもつ彼と誼を通じるため。

ある者は彼の弱みを握り袁家や楊家に恩を売るため。

そして、ある者は大陸中に賛否入り混じる噂がまことしやかに囁《ささや》かれている人物が、実際どのような人物なのかを見定める――ついでに二つ名を付ける――ため。

様々な理由はあれど、彼らはただ一人の人物と接触するためにこの場を訪れていた。

（緊張と興奮、それと畏怖、か。わからんでもない。この私も柄にもなく緊張しているのだからな。しかし、さすがは義兄殿よ、緊張の欠片も見えんわ）

周囲がまだか、まだかとざわつく中で、己も緊張していることに気付いた司馬徽は、隣にいた期待に胸を躍らせているのが丸わかりな義兄に声をかけることにした。

「嬉しそうですな？」

「おうとも。家の力ではなく己の力で位人臣を極めた男をこの目で見る機会などそうそうない。その機会が訪れたのならこれを喜ばずしてなにを喜ぶ！」

「はは、さすがは義兄殿。しかし、彼にまつわる噂は良いものだけではございませんぞ？」

事実、李儒を権力者にすり寄る腰巾着と揶揄《やゆ》するものは少なくない。

その中には洛陽や長安で名を知られている人物も含まれている。

火のないところに煙は立たず。

悪い噂が流れるということはそれなりの理由があるのだ。

故に司馬徽でなくとも『悪評を流されるようなことをしている』と判断するのはおかしなことではない。

しかし龐徳公は、司馬徽の懸念を歯牙にもかけなかった。

それは李儒の評判云々ではなく、人を観るときは噂に流されず、自分の目で観て推し測ることが大事と知っているからである。

それだけではない。

「当たり前であろう。法令は治の具にして制治清濁の源に非ず。何進、董卓、そして今上の皇帝陛下の傍にある者が洛陽や長安にいる儒者共が好む言動をするはずがあるまいよ」

「まぁそうですな」

そもそも李儒の悪評を垂れ流している者の多くは、洛陽や長安の名士たちだ。

それらは何進や董卓によって既得権益を奪われた連中でもある。

龐徳公からすれば彼らが勝ち組の代表格である李儒の悪評を垂れ流すのは当たり前のことだと思

っていたし、なにより龐徳公は——これは彼に限ったことではないが——洛陽や長安にいた名士を自認していた連中を嫌っていた。

嫌いな連中が何を宣おうと関係ない。

心の底からそう思っているが故の発言であった。

こうした考えが念頭にある以上、龐徳公にとって彼にまつわる悪評は悪評ではなかった。むしろ腐りきって己の本分を忘れた儒家どもを薙《な》ぎ払ってくれた徳の高い人物として高く評価していたくらいだ。

とはいえ、いくらなんでもその先入観だけで他人を評価するほど龐徳公も若くはない（生年が一六三年だとすれば一九三年時点で三〇前後）。

故に実物を見るために宮城へと足を運んだのだが……。

「しかし、これだけの人だかりとあっては、遠目に見るのが限界かな？」

如何に人物評の大家と謳われる龐徳公といえども見た目、それも遠目に見ただけで人物鑑定ができるわけではない。

確かに人物の鑑定をするにあたっては見た目や雰囲気も無関係ではない。しかしながら最も大事なのは中身である。

中身を知るためにはしっかりと言葉を交わす必要があるのだが、今の龐徳公には李儒と言葉を交わす理由がなかった。

「まさかこちらから押しかけるわけにもいくまいしなぁ」

向こうから「鑑定してほしい」と言ってくれれば話は別だが、わざわざ荊州の人間に人物鑑定を依頼するほど暇ではないはずだし、そもそもその必要性を感じていない可能性が高い。

――この時代の人物鑑定とは名士からの評価である。その評価は立身出世に多大な影響を及ぼす。しかしながら現状で位人臣を極めている李儒は評価を必要としていないし、もし悪い評価をされた場合は損しかない。このため李儒が人物鑑定に時間をかける必要性は皆無である――

李儒の事情も理解しているがゆえに、龐徳公も無理を押し通そうとはしなかった。

さりとて、己の好奇心を満たすことをあきらめたわけではない。

「とりあえず今回は顔を見るだけだな。あとはここにいる誰かに『龐徳公が、太傅様に時間があるときに話がしたいと言っていた』とでも伝えてもらうとするか」

なんやかんや言っても龐徳公は襄陽に名だたる名士である。

声をかければ協力してくれる仲間はいくらでもいるし、なにより今後の荊州統治のことを考えれば、この要請を断るとは考えづらい。

「うむ。そうするか。ここに集った者たちの職務を邪魔してはならんしな。お主もそう思うだろう？」

名士らしい理論武装を終えた龐徳公はそう結論付けると、この場を後にする準備をするため隣にいた司馬徽に声をかけた。

「……」

しかして、司馬徽からの返答はなかった。

それどころか司馬徽は普段浮かべている笑みを忘れたかのように顔をこわばらせ、どこか一点を見つめていた。

「おい、徳操。なにが……んん？」

ここにきてようやく龐徳公は固まっているのが司馬徽だけでないことに、周囲から音が消えていることに気が付いた。

無音。何も聞こえない。

もちろんこの場に誰もいないわけではない。

自分たちと同様に集まっていた名士や役人たちは一人も減っていない。

それどころか増えているようにも思えた。

しかし、何も聞こえない。

咳《しわぶ》き一つ上がらない。

明らかな異常事態だ。しかし誰も、なにもしない。

まるで何者かに動くことを禁じられたかのように微動だにしない。

「いったい何が？」

狼狽しながら司馬徽が見つめる先に目を向ける龐徳公。

そこには弘農から派遣されてきたと思しき集団がいた。

「あれか。確かに整然とした行軍だ。美しささえある。軍勢を見慣れていない者であれば引き付けられるのも理解できる。しかし……」

それだけでこんな現象は起こらない。起こるはずがない。

なにか理由があるはずだ、と目を凝らしてみたそのとき。

彼の目は一つの色に押しつぶされた。

それは黒かった。

戦場で目にする烏よりも黒かった。

墨など及びもつかないほどに黒かった。

夜の闇と比べてもなお黒かった。

しかして害意は感じなかった。

「これ、は……」

深淵、とでもいうのだろうか。

無理に喩えるなら、深い深い井戸を覗き込んだときに覚える感覚。

それに近いものを龐徳公は感じ取っていた。

その姿を見せるまでもなく、その威容だけで荊州に住まう名士たちの心を摑んだ男、李儒。

彼の存在は荊州に住む者たちに受難を齎す凶兆か、はたまた明るい未来を齎す光明か。

荊州に新たな風が吹き始めようとしていた。

三

「あれが太傅か。やはり一廉の御仁であった」

「……そうでしょうか？　某にはわかりません」

「まぁ、お主には合わぬだろうな」

結局、身に纏う気配だけで荊州に名だたる名士たちを混乱の渦に叩き込んだ男、李儒が襄陽に滞在したのは僅か三日だけであった。

その短い期間で彼がしたことと言えば、蒯越《かいえつ》や蒯良《かいりょう》といった旧劉表配下の者たちと面談して叛意の有無を確認したり、孫堅が襄陽に残していた資料を確認したり、引き連れてきた文官たちに荊州統治に必要な物資や期間を算出させたり、引き連れてきた武官たちに休息を与えつつ補給を済ませたりと、中央の役人とは思えないほど真面目に職務を遂行していた。

あまりにも真剣かつ忠実に職務に励む姿を目の当たりにしたためか、李儒と誼を結ぶために襄陽へと出仕していた名士や土豪たちは思わず顔を見合わせた後、粛々と各々の仕事に向き合うこととなったという。

そんな多忙な中であっても、李儒は龐徳公と会話をする時間を作った。

それはもちろん龐徳公に人物評をしてもらうため……ではなく、単純に龐徳公が持つ荊州に住まう名士の情報を求めていたからだ。

「義兄殿は彼の御仁に荊州の名士に関する情報を全てお話になりましたな」

「そうだな」

「何故です？」

「何故、とな？　おかしなことを聞く。私は腐っても漢の臣であるつもりだ。それなら太傅殿からのご下問に応じるのは当然のことではないか」

「しかし、彼の御仁の狙いはッ！」

「荊州に住まう名士を謳う者たちの断絶だろう？　それこそ洛陽や長安でやったようなことをここでもするつもりだな」

「それを知っていて何故!?」

「それが必要なことだと判断したからだ」

李儒の目的を理解した上で龐徳は快く自身が持つ情報を李儒へと提供した。

それこそ有名、悪名、有能、無能問わず。自分が知ることの全てを伝えた。

その上で、推薦も紹介もしなかった。

ただ情報を渡しただけだ。

彼との繋がりを求めていた荊州の名士からすれば堪ったものではないかもしれないが、龐徳公からすればそれは当然のことだった。

先日司馬徽がその理由を尋ねたとき、龐徳公はこう告げた。

『彼が欲していたのは、名が知られている人物でもなければ能力のある人物でもなかった。ただ法に従う人物だった。しかし私はそのような人物を知らなかった。だから紹介しなかったのだ』と。

能力の有無であれば、それこそ司馬徽や龐徳公は十分にある。

それこそ今から長安に行っても、それなりの待遇で迎え入れられるだろう。

だが、彼らが大人しく法に従う人物なのか？　と言われたら、答えは否である。

それは、当時正式な刺史であった劉表や、その後に荊州の統治を任された孫堅の招聘に応じなかったことでも明らかだろう。

招聘を断ったと言えば聞こえはいいかもしれないが、何のことはない。彼らは漢が認めた荊州の統治者に従うことよりも、己の気分を優先し隠遁することを選んだのだ。

漢に対する失望と不信があったのかもしれない。

権力争いに嫌気がさしたのかもしれない。

戦乱に巻き込まれるのを嫌ったのかもしれない。

様々な理由があるだろう。

彼らを失望させた漢に責任がないとは言わない。

だからこそ孫堅は彼らを強制的に連行して働かせようとはしなかったし、李儒も問答無用で処罰しようとはしなかった。

だが、許したのはそこまで。

李儒からすれば、劉表はまだしも、孫堅の招聘を断るということは漢に尽くす気がないということだ。

漢が健在で在ってこその名士が、自身の感情を優先して漢のために働くことを拒否したということだ。

そんな連中に生きている価値などあるだろうか？　いや、ない。

そう。李儒が龐徳公に荊州に住まう名士の情報を求めたのは、彼らを登用するためではない。

名士を自認しておきながら漢のために働かず、それどころか漢を腐らせることしかしない害虫を根絶やしにするためだ。

根絶やしにされる中にはおそらく自分や司馬徽も入っているだろう。

それがわかっていながら龐徳公は快く李儒の求めに応じた。

それこそが、自分がするべき最期の仕事だと思ったからだ。

「彼の決定には情や徳が入る余地がない。故に『苛烈』や『無情』と罵る者がいるだろう。人によっては『外道』と罵るだろう。それは決して間違いではない」

「しかし、彼に悪意はない。あるのは漢を正しい姿に戻そうとする意志だけだ」

「漢の臣としては彼が正しい。名士と嘯く者たちが皆彼のように自身を律することができていたら、漢はここまで腐らなかった。彼のように腐った枝を是正しようとするのではなく、全て刈り取ることを選んでいたら漢はここまで腐らなかった。自身よりも、家よりも国家を優先する気概と忠義があれば漢はここまで腐らなかった」

これまで多くの士に忠義とはなんたるかを説いた。

これまで多くの徳に優れたと思う者を評した。

これまで多くの知に優れたと思う者を評した。

その全てが誤りだとは思わない。

しかし多くが誤りであったと思う。

それも当然だ。何故なら根底としているものが違っていたのだから。

「国家を運営する士に必要なのは、見聞きする者によって価値が異なる『徳』を持つことではない。

まして兵法書を諳んじるだけの『知』を有することでもない。誰であっても、それこそ皇帝陛下その人であっても曲げることのできない『法』を守る意思なのだ」

荀子や韓非子《かんぴし》はこう説いている。

『人は弱く易きに転がりやすい存在だ。しかし人の上に立つ者が易きに転がれば、組織は腐る。組織の腐敗は亡国に繋がる。故に権力のある人間ほど法で縛られねばならぬのだ』と。

もちろん。彼らが提唱した『人を縛るべき法』は、時の権力者が自分に都合のいいように編纂したような法ではない。

権力者の行動を抑えるための法である。

これを守る士こそが礼を修めた君子であり、国家を運営するべき人物なのだ。

それに鑑みれば、龐徳公も司馬徽も「自身は礼を修めた士である」とは口が裂けても言えない。

特に、彼の前では言えるはずもない。

件の彼は十五のときに洛陽にいた何進に仕え、漢の腐敗と向き合った。

大量の宦官を討ったのは袁紹や彼とともに暴走した名家の者たちだったが、彼らが動く前から宦官閥はその勢力を弱めていた。それは彼と何進によって削られていたからだ。

そして法も礼も弁えずに宮中へ侵犯した者たちを董卓と共に打ち破っている。

国を腐らせていた宦官や名家がいなくなったことで、漢は既のところで持ちこたえた。

多分に運の要素はあっただろう。

彼一人が頑張ったわけではないだろう。

たくさんの協力者あってのことだとは理解している。

しかし、その中心にいたのは、間違いなく彼だった。

彼が中央の腐敗と向き合っていた時、自分たちはなにをしていた？

『漢はもう終わった』と見切りをつけて洛陽から立ち去った。

『腐りきった連中と関わりたくない』と洛陽から立ち去った。

洛陽から離れた荊州で『将来のため』と嘯いて名士たちと交流していた。

それはなんのため？

いずれ、誰かが、どうにかして中央の澱《よど》みを祓《はら》ってくれたとき、漢を復興させる人間を育てるためだ。

だが、実際はどうだ。自分たちが隠者を気取っている間に、自分たちが見放した漢は劉弁という新帝のもと復興の兆しを見せているではないか。

何故もっと早くから何進に協力しなかった？

南陽の肉屋と貶していたからだ。

何故早くから董卓に協力しなかった？

涼州の田舎者と見下していたからだ。

何故もっと早くから劉弁を支えようとしなかった？

愚かな先帝と肉屋の血を継いだ愚鈍な小僧と見放していたからだ。

何進の悪評を流していたのは誰だ？

自分たちが忌み嫌っていた、宦官や腐りきった名家どもだ。

董卓の悪評を流していたのは誰だ？

自分たちが忌み嫌っていた、腐りきった儒者どもだ。

劉弁の悪評を流していたのは誰だ？

自分たちが忌み嫌っていた、宦官どもだ。

何故自分たちが忌み嫌っていた連中が流した噂を信じた？

何進に会ったことはあるか？

董卓に会ったことはあるか？

劉弁に会ったことはあるか？

立場上劉弁と会うことは難しかっただろう。

だが望めば何進や董卓には会えたはずだ。

その配下であった彼にも会えたはずだ。

そこで協力していれば、もっと早く漢は立ち直れていたはずだ。

それをしなかったのは何故だ？

『愚かだから』

これに尽きる。

「あぁそうだ。私は愚かだった。老人を嫌い、老人が創った世を儚み、老人が支配する国を憂いながら、若人を愛した。私は次の世を創る人を育てていたつもりであった。だが、実際はそうしているつもりでしかなかった」

「……」

「彼が弘農から連れてきた文官たちを見たか？　宴を断り、付け届けを断り、人物評を断り、ただ職務に忠実な、名もなき能吏たちを見たか？」

「……はい」

「私たちが育てた人物に同じことができると思うか？」

「……いいえ」

「そうだ。私たちが育てたのは名士だ。能吏として名を馳せることを夢見ることはあっても、己が家を栄えさせることを夢見ることはあっても、それはどこまでいっても私欲でしかない」

名士とは、名家とは、家を遺すことを第一とする者たちである。

極端な話、彼らは漢が滅ぼうとも家が残ればそれでいいとすら考えている。

殷《いん》が周に。周が秦に。そして秦が漢になったように、国が変わっても家さえ遺ればいいと嘯くような人間なのだ。

そんな人間が、己の腹を満たす宴を断るはずがない。

そんな人間が、己の懐を潤す付け届けを断るはずがない。

そんな人間が、己の将来を左右する人物評を断るはずがない。

そんな人間が、漢のために真剣に働くはずがない。

そしてそんな人間を、漢が必要とするはずがない。

「……間違えたのだよ。私たちは」

「それは！」

「あぁ、むろんこのまま彼らを放置するつもりはないぞ。それはあまりにも無責任だからな」

龐徳公は今後自分がどう生きるかを既に決めていた。

今まで教えを説いてきた者たちに頭を下げ、たとえ罵倒されようとも考えを改めるよう説く。

自己満足であることは否定しないが、それがせめてもの罪滅ぼしだと思ったからだ。

しかし司馬徽の考えは違った。

「私は、私が、私たちがしていたことが間違っていたとは思っておりません！」

「徳操……」

「漢の復興は未だならず！　華北も中原も江南も、なにも収まっておりませぬ！　幼帝のもとではこの混乱は収まりませぬ！」

それは今まで知り合ってきた名士たちと語り合っていた内容と同じものだ。

「官吏の仕事は机上にて書簡を捌《さば》くだけに非ず！　土地を見て、邑を見て、そこに住まう人を見て、それを束ねる者が必要なのです！」

それは今まで私腹を肥やしてきた土豪や役人たちの言い分と同じものだ。

「言いたいことはわかる。だがな」

そもそも、その理想を語る司馬徽こそが机上の徒でしかない。

洛陽の政争を生き抜き、弘農を治め、実際に戦場に脚を運んでいる太傅の言葉とくらべて、彼の言葉のなんと軽く、薄いことか。

そう思っても、龐徳公は口にはしなかった。

自分を兄と慕っていた男が可愛かったし、何より自分自身も明確な答えを有しているわけではなかったからだ。

（私と徳操。両者の意見を聞かせた上で各々が選ぶべきなのやもしれん。しかし、もし後世に自分の名が残るのであれば、無責任の誹りは免れぬな）

諫めても無責任。諫めなくとも無責任。

どちらに転んでも無責任。

（今まで自分が歩んできた道のりが、かくも無意味なものだったとは……）

己が不明に恥じ入る龐徳公は、このとき司馬徽の眼に仄暗い灯が燈っていたことに終《つい》ぞ気が付かなかった。

もしこのとき龐徳公が司馬徽の危うさに気付いていたら、この後司馬徽から話を聞いた荊州の名士が他所へ逃亡することも、司馬徽の教えが反劉弁を標榜する勢力の中に浸透していくことも防げたかもしれない。

しかし〝もし〟は起きなかった。

私心によって曇った水鏡が映した虚像。

それを見聞きし、恐れた者たちが漢になにを齎すのか。

漢に安寧が訪れる日は未だ遠く。

世は着実に乱世へと近づいていた。

四

　結局我々は、襄陽で三日間の休息を取りつつ補給と文官の配置を終わらせてから、軍監としての仕事を果たすべく孫堅が待つ江陵へ出発した。

　移動中の一か月もそうだったが、この三日間も非常にゆっくりと過ごさせていただいた。

　いやはや、司隷だけでなく涼州や交州や幽州や并州といった親皇帝勢力全域の内政やら軍事やら対異民族戦略やらなにやらを気にせず、荊州のことだけを考えていられたことのなんと幸せなことか。

　今も長安で苦労している連中に申し訳ないと思いつつ、目の前の仕事に集中させていただいた次第である。

　うん。将来的にはどこかの郡太守か県令あたりにしてもらおうと思っていたが、荊州あたりがいいかもしれないな。

　冬もそこそこ暖かいし、夏もそんなに暑くならないみたいだし。

　洪水に関しては多少手を加える必要があるだろうが、土台はできているのでそんなに苦労はしないだろう。

　あれ？　本気で良い感じでは？

　……劉琦を討伐したら、袁術や劉繇への警戒と戦後復興の名目で江夏郡の太守にしてもらうよう上奏してみようかねぇ。

などと楽隠居への道を着々と固めつつ、南進する我ら弘農勢。

ちなみに江陵へは宜城《ぎじょう》・編《へん》・当陽《とうよう》とやや大きな県を視察しつつ、劉備や諸葛亮に扇動されて故郷を捨てた樊城《はんじょう》や新野の民が、最終的に『逃亡するのに邪魔だから』と家族ごと肉壁にされたことで知られる地、長坂を越えていくことになる。

ちなみのちなみに、劉備や諸葛亮が曹操の悪評を流して樊城の民を扇動したのは、曹操軍を迎撃する策として樊城にて空城計——城を空にして、その入った敵を城ごと倒す計略——を仕掛けるためである。

計略のため樊城から避難させられた民は劉備が治めていた新野へと入った。だが、新野には樊城の民と新野の民を抱えるほどの余裕もなければ、即座に送られてきた曹操の軍勢と戦えるだけの備えもなかった。

そのため劉備は曹操がくる前に新野を捨てることを決意したのだが、このとき誤算が生じた。

曹操の恐ろしさを聞かされて樊城から逃げてきた民や、彼らから話を聞いた新野の民が、劉備が逃げようとしていることを知って『自分たちもついていく』と宣言したのだ。

そりゃそうなる。

むしろそうならない方がおかしい。

さっさと逃げるはずだったのに、意図しないところで大量の足手纏いを抱えることになった劉備はさぞ困ったことだろう。

事実、襄陽を通過する際に襄陽を実質支配していた蔡瑁《さいぼう》に対し「自分は入れなくてもいいから民だけは入れて欲しい」とほざく程には困っていたようだ。

当然、これは別に民を想ってのことではない。

劉備や諸葛亮は、民の前でそう頼み込むことで『自分は民のことを考えている』とアピールしつつ、足手纏いにしかならない難民たちを厄介払いしようとしていたのである。

別口で『難民の受け入れに乗じて襄陽を奪おうとしていた』とも言われているが、曹操が間近に迫っている状況で襄陽を奪ったところで、内外に敵を抱えることとなるだけだ。

そのようなことをしても劉備に先はないことは明白なので、厄介払いの可能性が高いと思われる。

実際ここで足手纏いを処理できていたら、劉備は無事江陵へとたどり着けていただろう。

もしそうなっていたら、江陵に蓄えられていた潤沢な物資を回収した劉備はそのまま夏口の劉琦と合流するか、長沙《ちょうさ》・零陵《れいりょう》・桂陽・武陵の南四郡を早々に占拠することができていたかもしれない。

しかしそうはならなかった。劉備の目論見は失敗。

蔡瑁は難民の受け入れを拒否してしまう。

劉備の狙いはさておいて。劉備の頼みを断ったことで蔡瑁は『荊州の民を見捨てた』悪名を遺してしまったが、為政者として見た場合蔡瑁の行動はなんら間違ったものではない。

もし劉備に下心がなかったとしても、だ。

どこの世界にいきなり現れた一〇万もの難民を受け入れる為政者がいるというのか。

しかもその難民たちは〝劉備や諸葛亮の言葉を信じて曹操を恐れた結果地元を捨てた民〟だ。これから曹操に降伏する街にそんな民を入れたらどんな混乱が起こるかわかったものではない。

それだけではない。彼らを受け入れた場合、単純に物資が枯渇する可能性が高いのである。

喰わせることもできず、仕事を与えることもできない。さらには為政者になる予定の人間に反抗的。

そんな民を抱えてしまえばどうなるか。

難民たちだけでなく、襄陽の民も生活に困ることになるのは自明の理。

そのため蔡瑁らが「大人しく新野に帰れ」と受け入れを断るのは、当時の人間としては当たり前のことであった。

その当たり前を殊更悪く言いふらし、徹頭徹尾自分たちが被害者だとアピールしていった劉備一行のろくでなし振りときたら、まさしく筋金入りである。

呂布が死の間際に『こいつらが一番の悪だ』と罵ったのは決して間違いではないだろう。

入蜀に関するあれこれや孫権との約束を守らなかったこともさることながら、赤壁の戦の後すぐに劉琦が死んだのも怪しもうと思えばいくらでも怪しめることだし。

三国志の著者とされる陳寿《ちんじゅ》が蜀の人間でなかったら、劉備や諸葛亮はただただ戦乱を長引かせた不義の罪人として名を遺したのではなかろうか。

ともあれ。

「お久しぶりですね、孫州牧」

「太傅様におかれましてはご健勝のようでなによりでございます」

　襄陽から移動すること八日目の昼過ぎ、我々は今回の目的である孫堅が待つ江陵へと無事到着したのであった。

五

　襄陽にいたときに早馬で『過度な歓待は不要』といったことが功を奏したか、孫堅が催した歓迎の宴は実に簡素なものであった。

　呂布も「そうだよ。こういうのでいいんだよ」と出された食事や酒に舌鼓を打っていたし、俺としても襄陽の連中が用意した宴は趣味に合わなかったので、孫堅の配慮には感謝をすることしきりである。

　簡単な感歎の宴が終わったら、実務の話である。

　本来であれば宴の後はゆっくり休ませ、翌日になってから大々的に行うべきなのだが、何事も本番前の擦り合わせというものがある。

　先々代の桓帝劉志や先代の霊帝劉宏のときはサプライズで恩賞や懲罰を与えたりするケースが多

かったが、それは裏を返せば行き当たりばったりと同じことだ。

まともな組織が、それも罰を与えようとしている相手ならまだしも、報奨を与えようとしている忠臣に対してやることではない。

そのため孫堅や黄蓋など一部の宿将だけを一堂に集めて話をする必要があった。

「というわけで、陛下におかれましては孫堅殿を責めるつもりはございません。むしろ戦功を称えるよう指示を受けております」

「陛下のご厚情、確かに。以後一層の忠義を誓わせていただきます」

「結構。それで、孫州牧に対しての報奨なのですが」

「……はっ」

褒美の話になったとたん、やや警戒を高める孫堅。

普通は逆なのだが、今まで褒賞と称して面倒ごとを押し付けられてきたことを考えれば、彼の気持ちも理解できる。

毎度毎度本当に申し訳ないと思っている。

だが今回の報奨は、彼にとっても嬉しいモノであるはずだ。

なにせこれは漢の人間ならだれでも欲しがるモノだからな。

「「………………」」

引っ張ってもしょうがないので、俺は周りの連中が固唾を呑んで見守る中、一つの印璽を差し出した。

「……こちらは？」

新しい役職を与えられたと思ったのだろうか、やや硬い表情になる孫堅とその仲間たち。

だが今回のコレはそんなモノではない。

「こちらは畏れ多くも皇帝陛下より預かりし印璽にございます。これを以て功著しい孫文台を列侯へと任じます。食邑は長沙郡の中にある県をお選びください。ただし郡治所である臨湘《りんしょう》は除かせていただきますが」

「列!?」

列侯とは、後漢に於いて採用されていた爵位制度である二十等爵に於いて、臣下が賜ることのできる最高位の爵位である。

主な利点としては、朝議に於ける発言力の増加。罪に対する罰の軽減効果。それと食邑と呼ばれる領地を貰えることだろう。

たとえば大将軍である董卓は郿侯という爵位を得ており、郿から得られる租税を己のものとすることが赦されている。当然、中央に税を支払う必要はない。

董卓の場合は功績も権力も膨大であるため長安に近い土地を得られているし、そもそも役人が怖がって租税を請求できないという事情もあるので簡単に比較はできないが、長安から遠く離れた荊州、それも南四郡の一つにすぎない長沙の中に在る県程度であれば、好きにしても問題ないと判断された結果である。

もちろん長安の文官たちが思うほど長沙は田舎ではない。

漢水と長江が交わることで豊富な水資源を有し、荊州と揚州・交州を結ぶ中継地点であり、郡の人口も一〇〇万人を数えるという江南屈指の要衝である。

その中の県を一つ貰えるということは、およそ五〇〇〇戸、人口にして三万～四万人が住む都市を貰えるということだ。

それだけではない。現在長沙の太守は孫堅だ。

また、長沙には孫堅の他に列侯や王がいないので、孫堅こそが名実ともに長沙を支配することとなる。

つまるところ、郡太守として長沙を栄えさせれば自分の所領も栄えることになるわけだ。

これならば実利としても十分以上。

これまで軍閥の長として生きてきたが故に、州牧としての州の政をすることは本意ではなかっただろう。だが州の管理は面倒であっても、己の所領や、それと密接する郡の管理なら喜んでやること請け合いである。

そう思って彼に印璽を差し出したのだが、どうも反応がよろしくない。

「……」

もしかしたら受け取り拒否か？　そうなると面倒なんだが。

そう思いつつ、気を取り直してもう一度告げてみる。

「おや？　聞こえませんでしたか？　ではもう一度お伝えいたします。陛下のお言葉ですので聞き逃さぬようお願いしますね？　こちらは畏れ多くも皇帝陛下より預かりし印璽にございます。これを以て孫文台を列侯へと任じます。食邑は長沙郡の中にある県をお選びください。ただし郡治所である臨湘は除きます。よろしいでしょうか？」

「は、ははっ！　謹んで御受け致します！」

「それは重畳」

皇帝陛下からのご褒美だから絶対に受け取りなさい。という意思を込めて再度伝えてみたところ、今度はきちんと受け取ってくれたので何よりである。

いや、なにやら固まっているところを見ると、万が一の可能性がある、か。

今回は本当に孫堅が喜ぶと思ってこの褒美にしたのだ。

それが嫌がらせになっては意味がない。

「……もしお嫌なら別の褒美も考えますが？　どこぞの州牧とかいかがです？」

「「……っ！　殿！」」

「はっ！　いいえ！　滅相もございません！　これでいいです！　これがいいです！」

「左様ですか？　無理に受けなくともいいのですよ？」

いや、まじで。恨みを買いたいわけじゃないからな。

「大丈夫です無理などしておりません！　ありがとうございます！　皇帝陛下万歳っ！」

「「「皇帝陛下、万歳っ！」」」

別の褒美を示唆してみたところ、黄蓋らが慌てて孫堅の名を呼んだし、それを受けてなにやら固まっていた孫堅は凄い速さで首を横に振ったかと思えば、印璽をその懐に入れて、なぜか家臣たちと共に万歳を始める始末。

確かに万歳は皇帝を称える仕草としては正しいが、何故ここで？

いや、勅使を迎えた漢の民としてはこれが正しい態度なのか？

そうだな。いままで正式に勅使として接したのが義勇軍時代の劉備だけだったから知らなかっただけで、もしかしたら武官にはこういう風習があるのかもしれない。

なんとも言えない空気の中、俺と同じように何とも言えない空気を醸し出している呂布をちらりと見るも、すいっと目を逸らされてしまった。

これはやはり、放っておけということだろう。

「ふむ」

なんだかんだで三〇年以上いきてきたのでもう慣れてきたと思っていたが、どうやら俺が知っていたのは中央に限った狭い世界の常識だったらしい。

この歳になって未だに漢の慣習を理解しきれていなかったことを反省しつつ、孫堅らの興奮が収まるのを待つことにしたのであった。

五五　幕間三　孫家の隆盛

翌日　荊州南郡　江陵県　宮城

「これを以て孫文台を列侯へと任じます。同時に現在仮の荊州牧として励んでもらっておりましたが、その任は某が引き継ぎます。貴殿は都督となりますが、これは単純な降格ではなく貴殿に食邑となる地を治めてもらうために必要な処置でもあります。陛下のご厚情を理解し以後も忠義を尽くすように」

「はっ！　謹んで御受け致します！　皇帝陛下、万歳！」

「「「皇帝陛下、万歳！」」」

昨日に引き続き万歳の声を上げる孫堅。

彼は心から感謝していた。

目の前に立つ男に「ずっと内心で腹黒外道と呼んでいて申し訳ございませんでした！」と、心から謝りたいと感じていた。

もちろんこの場でそんなことを口に出すことはない。

周囲の認識がどうであれ、仮に皇帝陛下本人が目の前に立つ男のことをそう思っていたとしても、今の彼は個人ではなく皇帝陛下の代理人なのだ。

その絶対君主の代理人を指して『腹黒外道』などと口を滑らそうものなら……即日に行方不明、数日後には長江に生息している魚の餌となっていることだろう。

それは孫堅だけではない、子供や妻を含めた関係者全員がそうなっているはずだ。

無論孫堅とてただでやられるつもりはない。

しかしながら、孫堅の中には『一度でも敵と認定されたら終わる』という諦めに似た確信があった。

そもそも中途半端に責任感の強い孫堅を斃《たお》すに武力など不要。

大量に文官を引き抜いたうえで荒れている州の牧にでもして大量の書類仕事をさせるだけでいい。

目の前に立つ男はそれができるだけの権力と能力を有しているのだ。

……もちろん自分が誘拐されたとなれば家臣一同必死で捜してくれるだろう。そこは疑っていない。

だが誘拐した相手が彼であり、誘拐された先で自分が書類仕事をさせられているだけと知れば、どうだろうか？　誰もが手のひらを返すのではなかろうか。

誰でもそうする。孫堅だってそうする。

そうこうして、延々と続く書類仕事のせいで孫堅が心を壊しても、誰も彼に復讐をしようとは思わないはずだ。

だって、彼はそれ以上の仕事をしているのだから。

もう逆恨みにもなりはしない。ただの恥である。

誰がそんな恥を晒したいと思うものか。

だからと言って、与えられた職務をこなせなければ無能の烙印《らくいん》を押されてしまう。

自分が無能と罵られるだけではない。州牧が扱う書類には州に住まう万の命が載っているのだ。

処理しきれなければ、万の民が苦しむことになるのである。

己の名誉と、己に従う民の命。

その両方が掛かっている以上、書類仕事から逃げることはできない。

だが、書類仕事に呑まれれば、残るのは書簡と文字に埋もれた抜け殻だけ。

どう転んでも孫堅が勝利することはない。

勝敗が見えた戦いほどつまらないものはない。

それが、自分が勝てないと判明している戦いならつまらないどころの話ではない。

奇しくも董卓が恐れていることと同じ内容に行きついた孫堅は、早々に彼に逆らうことを諦めていた。

そうした事情もあって孫堅は、今回の戦いを口実としてどのような罰を与えられるのかと、昨日まで戦々恐々としていた。

これまで褒美と言えば長沙の郡太守だの、南四郡の太守と都督の兼任だの、荊州牧だのと、周囲からすれば大抜擢なのだろうが孫堅からすれば罰としか思えないような地位ばかり与えられてきた。

だから今回、太傅が直々に荊州へ下向すると聞かされたときから孫堅は諦めていたのだ。

『また似たようなものを押し付けられるのだろう』と。

『どうせなら降格してくれ』と、些か以上に投げ槍になっていたのである。

しかし、奇跡は起こった。

なんと孫堅への褒美は【列侯への叙任】という、誰もが羨むと同時に、軍閥を率いる将としてあちこちに派遣されていた孫堅にとってなによりも欲していた地盤という、格別なものだった。

それだけではない、なんと荊州牧を一時罷免し都督に戻すというおまけつきだ。

この人事によって孫堅は、長沙郡の太守としての仕事はあるものの、これまで嫌々やっていた政の軛《くびき》から解き放たれたのである。

長沙に食邑を貰える身としては、長沙郡の太守であることはなんらマイナスにはならない。

むしろ長沙が栄えれば栄えるほど自分の食邑も栄えるうえに、列侯の地位は子にその地位を引き継げる（必ず引き継げるわけではないし、場合によっては爵位が落ちることもあるが、ほとんどの場合は食邑を継げる）のだから、孫堅にとってだけでなく孫家にとってもまさしく良いことずくめ。

孫堅が断る理由などどこにもなかった。

ちなみに、ついでとばかりに孫家に従う黄蓋らにも褒美が与えられている。

さすがに孫堅ほどの飛躍ではないが、それでも堂々と士大夫を名乗れる程度の地位は与えられたため、孫堅に続いて万歳を上げる声にも結構な力が籠っていたとかいなかったとか。

「くそっ！」

心からの笑みを浮かべる孫堅らであったが、誰もがこの人事を喜んだわけではなかった。

その筆頭が孫策である。

孫策からすれば荊州は、尊敬する父孫堅が単独で刈り取った地である。

南四郡を荒らす越と戦ったときもそうだし、劉表がいた襄陽を落としたときもそうだ。

今回の戦に至っては、皇帝と同族の劉氏に従う連中が余計なことをしたせいで、中央を巻き込んだ面倒ごとに発展したとさえ考えていたくらいだ。

それどころか長安では孫堅が敗けたことになっていて、その責任を取らせようとしていたというではないか。

孫策は、孫堅が州牧から外されたことがそれだと考えていた。

その考えは当たらずと遠からず。といったところだろうか。

確かに対外的な処分として降格したのは間違いではない。

しかし孫堅からすればそれこそが一番の褒美なのだ。

そこを取り違えてしまうと、恩が仇となってしまう。

もちろん孫堅は勘違いなどしていない。

降格を含めて自分のための人事だと確信している。

しかし孫策はそうではなかった。

「……何故、なにもしていない連中に荊州を明け渡さなければならないのか」

「何故、父上はあんな輩に笑顔で頭を下げるのか」

「何故、我々が皇帝の腰巾着に頭を下げなければならないのか」

「恩賞を与えられたから？　働きに対して恩賞を与えるのは当然のことではないか」

「父上はそれだけの働きをしてきた。だから恩賞を貰うのは当然のことではないか。むしろ今まで恩賞を渋ってきたことを詫びるべきではないか」

纏めてしまえば『尊敬する父親が会社の上司から褒められた際に、感謝の気持ちを込めて笑顔で頭を下げているのを見たときに子供が抱く感情』だろうか。

未だ親や家に守られている子供には、父親の気持ちは理解できない。

子供自身が社会人になったときにはじめて父親の気持ちを理解できるものだ。

故に、孫堅も息子がやや鬱屈した感情を抱いていることを理解していたものの、それほど大事になるとは捉えていなかった。

孫策が若手を集めて訓練に励んでいるのを見ても、微笑ましいと思いはするものの止めようとは思わなかった。

すでに孫家は一軍閥を率いる末端の将などではない。

漢の重鎮にして誇りある貴族だというのに、当の孫堅がそのことを自覚できていなかった。

このとき孫堅がもう少し孫策と向き合っていれば。

もしくは孫策がもう少し高い視点からものを見ることができていれば、ここで禍根は防げたかもしれない。

しかし、孫堅は孫策を止めず、孫策は孫堅を本当の意味で理解しようとはしなかった。

戦乱の中、その実績を以て望外の出世を果たした江東の虎が率いる孫家。

獅子が身中の虫に勝てぬように、虎もまた身中の虫は倒せず。

長男の不覚という特大の不安要素が齎す澱みは、本人たちの自覚のないまま薄くだが着実に広がりを見せるのであった。

五六　中原動乱

一

「申し訳ございませぬ太傅様。全てはあ奴の愚行を止めることができなかったこの龐徳公の不徳の致すところにございます……」

「そう言われましても、何を謝罪されているのかわかりません」

孫堅やその家臣一同から熱い万歳を受けた後、簡単な調査と引き継ぎを終えて襄陽へと帰還した俺を待っていたのは、荊州に名高き名士の一人である龐徳公からの謝罪であった。

「実は先日……」

なんのことかさっぱりわからなかったので話を聞いてみたところ、なんでも義弟として接していた司馬徽が、俺がいないうちに荊州の名士たちを連れて逃げ出したのだそうだ。

それも『太傅の狙いは荊州の名士を根絶やしにすることだ！　ここに残っていると根絶やしにされるぞ！　洛陽や長安でやったように！』と扇動したらしい。

ちらりと周りを見渡してみれば、残った蒯越や蒯良を始めとした文官たちが龐徳公に対して恨みがましい眼を向けているではないか。

どうやら彼らは『義理の弟が勝手なことをした責任を取れ！』と思っているようだが、未だに日本人的な思想を持つ俺としては、親でもなければ師匠でもないさらには推挙したわけでもない司馬徽がやらかしたことの責任を龐徳公に負担させるのは違うと考えているので、正直彼から謝罪されても困るとしか言いようがない。

それ以前の話としてなんだが。

「某は別に名士を問答無用で根絶やしにしようとは考えていないのですが、どうしてそのような話になったのでしょう？」

「それは、その……」

俺や俺の教育を受けた劉弁が排除したいのはあくまで仕事をしない、もしくは不正を働く連中であって、真面目に仕事をしている人間を排除するつもりなどない。

実際、劉表の懐刀であった蒯越や蒯良だって普通に使っているわけだしな。

彼らにとって馴染みのある存在で例を挙げるとするならば孫堅の存在がある。彼は此度列侯に叙任されたことで正真正銘の名士を名乗れる立場になっている。その部下である黄蓋らも孫堅と比べれば格は落ちるが、荊州に根付いている名家を嘯く連中よりも格上の地位を授かっている。

つまり、ちゃんと働いている人間にはちゃんと報いているのである。

最近は戦が多いせいか今のところ武官が出世することが多い傾向にあるが、文官を軽視しているわけではない。今回荊州に同行した役人たちだって成果如何によっては出世することも約束しているわけだしって、もしかしてそれか？

「司馬殿は『このままでは某が連れてきた役人に仕事が奪われる。仕事が奪われた名士は排除される』そうお考えになられたのでしょうか？」

「……はっ」

確かに、そういうことをやらないわけではない。

実際洛陽や長安ではやったし。

でもそれは、連中が大前提として不正をしたりまともに仕事をしなかったからなんだが……まぁこの時代の『普通の役人』は、大半が読み書きと算術ができる——なお、計算が早いわけでもなければ正確ですらない——だけの自称エリートで、付け届けやらなにやらを貰わなければ中途半端な書類仕事すらしないような連中だからな。

そんな連中からすれば俺が連れてきた役人たちはあり得ない存在だろう。

彼らは付け届けも貰わず、歓待も受けず。

休日は決められた日だけ。休息も決められた時間だけ。

それ以外は朝から晩まで黙々と書類を捌くという、まさしく文官《社畜》の理想を体現した集団である。

そりゃあ、今まで『読み書き算術ができる俺たちがいなければ政は回らんぞ！』と偉そうにしていた連中の目には、彼らの存在はさぞ異質に映ったことだろう。

その上で『あれくらいやらなきゃ駄目なのか』と絶望した可能性はある。

俺からすれば今までの勤務態度などどうでもいいことで、これから改善すればいいだけの話なのだが、今までぬるま湯に浸かっていた連中に意識改革を求めるのは酷というものなのかもしれない。

結局、彼我の差を鑑みて『自分たちには同じようにできない』と考えていたところに、司馬徽が爆弾を投じたわけだ。

自分を変える前に逃げる。

さすがは洛陽のゴタゴタを嫌って荊州に逃げた挙句、荊州でも政争に巻き込まれるのを嫌って当時荊州の支配者であった劉表からも距離をとってニートをしていた挙句、劉備に諸葛亮や龐統の情報を与えておきながら自分は招聘を拒否した男だ。心構えが違う。

そりゃ劉表にもぼんくら扱いされるわ。

人物評の大家らしいが、ニートの分際で誰を、どんな立場で、どの面下げて評価していたのか。

いや、彼の立場についてはいい。問題は彼の起こした行動だ。

面の皮の厚さは評価に値するが、今回の件は些か拙速に過ぎると思わないでもない。

尤も、彼の弟子として知られる諸葛亮や龐統にもそういうところがあったのでそれほど違和感は覚えていないが。

とりあえずの結論としては〝別にどうでもいい〟これに尽きる。

逃げたら捕まえて殺すなんて言ったが、さすがにそれだけでは処罰できないからな。

むしろ連中を処罰する口実を作ってくれたことに感謝してもいいとさえ思っている。

気になるのは連中が逃げた先だが、当然落ち目の劉琦ではないだろう。

親征が公表されている益州でもない。

未開の地と蔑んでいる交州には絶対に行かないはずだ。

ならば可能性が一番高いのは袁術がいる豫州。次いで劉繇のいる揚州か。

彼らは荊州から逃げたものの、別に逆賊認定されているわけではない。ただの文官だ。

ならば袁術が登用すること自体にはなんの問題もない。

というか、袁家あたりならばあえて大々的に登用して『太傅の失策』として広めるくらいのことはやりそうだ。

それならそれで別に構わない。

荊州から逃げた役人を使って好きなことを好きに吹聴すればいい。

気位が高いだけの使えない連中を抱えて偉そうにしていればいい。

できることならその考えを袁家以外のところにも広めて欲しい。

そうすれば各地の名家たちはこぞって長安政権と戦おうとするだろう。

袁術とて名家の領袖として立ち上がらなければならなくなるはずだ。

反劉弁連合、いや、さすがに皇帝を名指しすることはないだろうから、敢えて名を付けるなら反李儒連合か？

……自分で言っておいてなんだが、これはないな。

俺はそこまで大物ではないから名前に重みがでないし。

どうしても名を付けるなら【反長安連合】くらいが妥当なところだろう。

連合の表向きの目的は『幼き皇帝陛下に名家を軽んずるよう進言している佞臣《ねいしん》の排除』で、実際の目的は『下賤の血を引く子供を排除して、高貴なる血が流れている存在を傀儡の皇帝にすること』だろう。

やっていることは梁冀《りようき》と変わらんな。

まぁ名士なんてそんなものだと言えばそれまでなのだが。

ともあれ、荊州から逃げた連中が袁術を突き上げてくれればこちらも大手を振って袁術を討伐できるようになるのだから、損はない。むしろ得をした感じだ。

なので、今まさに死にそうな顔をしている龐徳公に罰を与えるつもりはない。

ただ、なにも罰を与えない場合は蒯越や蒯良らに嫌がらせを受けるかもしれないし、なにより彼自身が病んでしまいそうなので、ここはあえて仕事をさせることで罪悪感を解消してもらおうか。

「お話は理解しました。誤解があったとはいえ、司馬徽殿の行いは決して簡単に許していいものではありません」

「はっ」

対外的にも放置するのはまずいしな。

面子の問題もそうだが、なにより罰を与えないことで俺が『司馬徽のことなどなんとも思っていない。むしろ彼の行動をありがたいと思っている』と諸侯に知られてしまうのがまずい。

諸侯には荊州から逃げた連中を抱え込んでもらわないと困るのだから。

「かといって龐徳公殿に明確な罪があるわけでもありません。よって、もし龐徳公殿が司馬徽殿を身内と思い、今回の件を身内の恥とお思いであるならば、その恥を雪《そそ》ぐために我らにお力添えをお願いしたい」

「そ、それは……」

「龐徳公殿ほどの御方が某のような若輩者に仕えるのは忸怩《じくじ》たる思いがあるでしょう。しかしながら貴殿が出仕していただければ、現在荊州の方々が抱いている誤解を解くことができると思うのです」

本当に名士を滅ぼす心算なら、ここで龐徳公を赦す理由がないからな。

そもそも、名士がいなければ政は立ち行かないのだから、今の段階では問答無用で滅ぼすことなどできない。それをするにはこれから数十年かけて役人の教育をしていく必要があるだろう。

それまで俺が生きているとは思えないし、生きていたとしても現場教育は司馬懿あたりの仕事になっているはずだ。

つまり俺が楽をするためにも、彼らには生きてもらわなければ困るのだ。

もちろん、多少の意識改革はしてもらうがな。

「……承りました。この龐徳公。太傅様のご厚情に深く感謝いたします」

よし。現地に詳しい部下ゲットだぜ。

二

水辺が近いため比較的涼しいと言われる襄陽とて、七月にもなると普通に暑い。

ただ、道路がコンクリート舗装されていたり、大量の車が排気ガスを垂れ流していたり、エアコンの室外機が外に暖かい空気を放出しているわけではないので、暑くても三〇度を超えることは早々ないのが救いだろうか。

あの時代の暑さを知らない人間からすればなんの救いにもならないことではあるが。

訓練をしている兵士はもとより、文官たちも夏バテしたり熱中症で倒れたりしないよう、塩分や水分をこまめに摂取させせつつ仕事に励む日々。

さすがに二か月もいればそれなりに情勢も落ち着いてくるもので――司馬徽が余計なことをしそうな連中を根こそぎ連れ出してくれたおかげでもある――荊州にきた当初は結構な数が積み重なっていた書簡も、今では数えることができる程度に収まっている。

南四郡でも長沙で孫堅がウキウキで開墾だったり治水工事だったり賊の討伐だったりをしている

ので、今のところ問題は発生していない。

気になる報告と言えば、袁術がいる豫州や劉繇がいる揚州で俺に対する風当たりが強まっていることくらいだろうか。

袁家が敵に回るかも……と危機感を覚えている文官もいるようだが、今すぐ決起しないのであれば想定の範囲内。時間が経てば経つほどこちらに余裕ができる反面、向こうに余裕がなくなるのだから何の問題もない。

神《皇帝》は天《長安》にいまし、全て世《荊州》は事もなし。

実に平和だ。荊州だけでなく、長安政権に味方する陣営からすればまさしく平穏そのもの。

しかし、それはあくまで我々にとっての話である。

我々が平穏無事、つまり予定通りに事が運んでいるということは、我々と敵対している連中は予定通りに追い詰められているということである。

尤も、追い詰められていると言っても、どこかで大規模な戦端が開かれたわけではない。

真綿で首を絞めるかのように、徐々に徐々に追い詰められているのだ。

不思議なことは、劉焉や劉繇といった我々と敵対している陣営に所属している連中の大半がこのことを理解しているのに対し、長安政権側にこのことを理解している者が少ないことだろうか。

「気になることがございまして、少々お時間をお借りしてもよろしいでしょうか？」

ちょうど俺に意見具申をしに来たこの龐徳公のように。

〜〜〜〜〜〜〜〜〜〜〜〜〜〜〜〜〜〜〜〜〜〜〜〜〜〜〜〜〜〜

「どうぞ」

「かたじけない」

龐徳公は蒯越や蒯良に比べれば軍事的な視野がやや狭いものの、それ以外では彼らに勝るとも劣らぬ程に優秀な文官だった。

名士としても名高く、襄陽出身であるため荊州の人間にも顔が利く。

さらに蒯越や蒯良と違って劉表に従っていたことがないため、荊州の文官たちから長安政権との間に挟むには最良の安全パイだと思われている節もあり、色々と相談されたりしているそうだ。

そんな龐徳公が恐縮しながら何かを確認しにきた。思い当たることは、ある。

「何故我々は動かぬのか。いつになったら動くのか。その確認でしょうか？」

「……ご賢察の通りにございます」

まぁ、それしかないからな。

先だっての戦で孫堅側に損耗がなかったことを知る荊州の人間からすれば、後顧の憂いとなりかねなかった連中を孫堅が念入りに潰し、袁術が兗州への遠征を控え、劉繇が揚州の地盤固めに奔走している今こそ逆賊となった劉琦を潰す格好の好機である。

そうであるにも拘わらず、孫堅の後任として荊州に入った男に動く気配がない。

もちろん、荊州内部の政を優先したのはわかる。その重要性も理解している。

しかし、一切動く気配がないのはおかしい。

もしかしたら何かを企んでいるのだろうか？

それとも恩赦が与えられるのだろうか？

彼らはそう考えたのだろう。

気持ちは理解できる。

もしも俺が彼らと同じ立場ならそう思ったかもしれない。

だが違う。恩赦などありえない。

我々は動かないことで彼らを追い詰めているのだ。

蒯越や蒯良が確認をしにこないのは、彼らはそれを理解しているから。

龐徳公が確認をしにくるのは、彼はそれを理解できていないから。

これは能力の差というよりは経験の差。

実際に戦場を経験した人間と、そうでない人間の差だろう。

ただ、大半の文官は戦場を経験したことがない側の人間なので、今回は彼らにもわかりやすいように長安陣営の戦略を解説していこうと思う。

「まず、現在長安ではご親征の準備が進められております」

「はっ」

これは大々的に発表したからな。

標的である劉焉だけでなく、無関係の公孫瓚でさえ知っていることだ。

問題はこの次である。

「ではこの準備、いつ終わると思いますか？」

「……さて」

「そう。わからないのです。討伐の対象である劉焉はもとより、軍事に携わっていない楊司空にもわかっておりません」

「そうなのですか？」

「ええ。楊司空本人もそうですが、彼の周囲には袁家の影響を受けている者が多数おりますからな。陛下はあえて彼らに情報を流さぬよう統制しているのです」

「それは……」

皇帝が三公の一である司空を、それも四世太尉の家の当主である楊彪を信用していないと知らされた龐徳公がなんとも言えない表情を浮かべる。

名士である彼の立場では肯定も否定もできないよな。

どうでもいいが。

「重要なのはここです。情報を得られない劉焉は今、いつご親征の準備が終わるかわからないし、いつ陛下が攻め込んでくるかわからない状況に置かれています」

「そうですな」

「そのため、彼らは長安方面への警戒を解くことができません。この時点で劉焉は消耗を強いられております。ここまではよろしいですか？」

最低四万を号する官軍に対抗するために劉焉は張魯が治める漢中に二万の兵を派遣している。

そうすることで益州は労働力を消費すると共に、派遣した兵を維持するために日々大量の兵糧を消費している。

この出費は、たかだか益州一州しか持っていない劉焉にとって尋常ではない重圧となっている。

「はっ」

まぁここまでは理解できるわな。

無理だったらここで話を終えていたところだが、続けよう。

「では、劉焉にとって危険なのは長安だけでしょうか？」

「え？　……あ！」

「気付きましたな？　彼にとっては益州と隣接しているここ荊州もまた警戒に値する土地なのです」

「確かにそうです！」

「江陵から夷陵。夷陵から巫県、巫県から上庸に入れば益州に横入りをすることができます。また、武陵から酉陽を経由すれば巴郡へと兵を進めることができます。そんな状況下において南郡に某が、武陵の隣である長沙には孫堅殿がおります」

「……なるほど。劉焉はこれらの動きを『ご親征にともなう下準備』と見做しているのですな？」

「そうなります。その結果彼は益州全体に警戒網を敷かなくてはならなくなりました。当然警戒を緩めることはできませんので、益州の国庫に蓄えられていた財は膨大な勢いで減少していることでしょう」

「それはそうでしょうな。如何に益州が豊かな土地とて、常に数万の大軍を維持するのは簡単ではない……」

「左様。しかしここで我々が対劉琦のために軍を動かすと……」

「荊州方面の警戒をする必要がなくなる、そこまでしなくとも、消費を最小限に抑えることができるようになりますな。それでは太傅様が劉琦討伐の兵を挙げないのは、劉焉の動きを抑えるためなのでしょうか？」

「無論。今のところご親征に参加せよとの命はきておりませんが、陛下の敵を弱体化させるのは臣下として当然の行いではありませんか？」

「然り」

「加えて、劉焉と同じことが劉琦や劉繇にも言えます」

「同じこと？　あぁ！　確かに荊州の動きがわからなければ、彼らも警戒を緩めることができませんな！」

「そういうことです。動かぬまま敵の損耗を誘えるならば、それに越したことはございません」

「なるほど、なるほど」

ここまでが表向きの理由である。おそらく蒯越や蒯良が読んでいるのもここまでだろう。

決して嘘ではないが、全てを話したわけではない。

彼らを信用していないのもそうだが、秘密は誰にも話さないのが基本だからな。

「肝要なのは『こちらが最初から動くつもりがない』と悟らせぬことです。故に龐徳公殿もここで聞いたことをそのまま諸兄にお伝えするのは……」

「存じ上げております。今も心配している者たちにはそれっぽく説明しておきましょう！」

「某からの説明ではまだ納得してもらえないかもしれませんからね。龐徳公殿にはご苦労をおかけすることになりますが、よしなに願います」

「お任せあれ！」

そう言って龐徳公は立ち去っていった。

彼の去り際の表情から、俺の説明に疑いを持っている様子はない。

それはいいことなのだが。

「任せろ、か。この程度の説明で納得してくれる程度の人間になにを任せろというのか」

親征が行われない理由。

俺が荊州から動かない理由。

劉琦を生かしておく理由。

そして劉焉を確実に殺すための策。

どれも決定的なモノは何一つ教えていない。

故に、もし龐徳公から聞いた話を漏洩する輩がいたとしても、何の問題もない。

むしろ足りない答えを信じて、せいぜい踊ってくればいい。

尤も、親征が行われない理由が『長安政権が抱える【後顧の憂い】を絶つため』とは思いもしないだろうが。まぁ、それを知ったところで何ができるわけでもなし。

「はぁ。敵もこの程度で済むなら楽なんだがなぁ」

敵に手ごわさなんざ必要ない。

無能で弱い敵こそ最良なのだから。

三

李儒が動かない。

荊州に紛れ込ませた間者が摑んだ情報によれば、動かないことで劉焉や劉繇を圧迫しているという。

荊南に移動した孫堅も動かない。

ただし孫堅は長沙やその周辺での治安維持活動として活発に軍を動かしているので、近いうちに外征する可能性が高いという。ただし、その矛先が益州に向くか揚州に向くかは不明である。

これらの情報は李儒から直接話を聞いた龐徳公から話を聞いた文官が袁術らに流したものなので、信憑性《しんぴょうせい》は高いと思われた。

だからなんだという話だが。

「で、それを知ってどうしろと？」

端的に言って袁術はイライラしていた。

ここ最近、長安や荊州に張り巡らせていた名家閥の繋がりが次々と絶たれていることに。どうでも良い情報をさも「重要な情報ですぞ！」としたり顔をして伝えてくる連中に。そして「今こそ漢の忠臣として立つときでございます！」と自身を唆そうとする連中に苛立《いらだ》ちを隠せないでいた。

「なにが忠臣じゃ。今の漢にこの儂が忠義を尽くす価値などないわ」

そもそも袁術は自身を漢の忠臣だなどと思ってはいない。

彼は袁家こそが漢を支配するべき名家であり、その名家を束ねる自分こそが漢を統べるにふさわしい存在だと考えていた。

皇帝にふさわしいのは断じて下賤の血が流れる劉弁ではない。

もちろん、その弟である劉協も駄目だ。

袁術にとって、桓帝に迎え入れられる以前は皇族とは名ばかりの極貧生活を送っていた身であり、皇帝となった後も宦官どもの傀儡となって党錮《とうこ》の禁などの愚策を推し進めた無能である霊帝の血族に価値などないのだからして。

皇族として認められるとすれば劉虞くらいのものだ。

「あれが皇帝として立ったのであれば、頭を垂れることも吝《やぶさ》かではないが、な」

これは袁術だけの考えではなく、袁紹や劉岱《りゆうたい》、劉繇といった長安政権に否定的な群雄に共通した考えであった。

尤も、彼らの意見を李儒に聞かせれば「陛下へ対抗するための旗が欲しいだけ」とあっさりと切り捨てる程度には浅い考えだし、当の劉虞にも〝彼らが欲しているのは自分たちのいうことを聞く傀儡皇帝である〟と見抜かれているため、今のところ擁立に成功する気配はない。

新たな皇帝は擁立できず。長安の名士たちは動きを封じられ、荊州に潜り込ませていた配下や、それと繋がっていた名士は軒並み逃げるか潰された。

イライラしない方がおかしいだろう。

さらに、豫州へ逃げてきた連中の質が最悪だった。

彼らに関しては李儒が『まともに働くことができない。まともに働こうともしない。働けと言ったら逃げ出した穀潰し』と評した連中である。その質は推して知るべし。

袁術としても、あまり迎え入れたくはなかったのだが、まさか自分を頼って逃げてくる連中を拒否するわけにもいかなかったので、渋々、本当に渋々荊州から逃げてきた連中を迎え入れた。

それは別にいい。

名士に頼られたという評判を得ることができたのだから、一方的に損をしたわけではない。

問題はそのあとだ。

袁術が治める豫州は元々袁家の家臣団だけで業務が回っていたため、荊州からきた連中に与える仕事がなかったのである。

要するに、ただ飯喰らいを大量に抱え込んでしまったのだ。

しかもそのただ飯喰らいどもは、生まれのせいか気位が高く、粗末に扱えば評判が落ちるという不発弾のような連中であった。

そのため袁術は忌々しいと思いながらも無礼にならない程度の待遇を与えていた。

それが悪かったのだろうか。彼らは何故か自分たちが袁術に求められていると錯覚し始めたのだ。

酷い者など『自分こそ袁家の柱石にふさわしい』と嘯く始末。

これには自己を肯定することに長けた袁術もうんざりした。

「柱石？　寝ぼけるな。荊州から逃れてきた役立たずどもに回す仕事などないわ」

いや、正確に言えば仕事はある。

だが荊州から逃げて来たばかりの連中の中に、埋伏の毒が仕込まれていないとは限らない。

下手に汝南袁家の内実に関わるような仕事をさせて、その情報を荊州に流されては困る。

いずれ愚帝には目にモノを見せてやる心算ではあるが、少なくともそれは今ではない。

まずは兗州と揚州を攻略して己の影響下に置くこと。

できれば徐州や青州も押さえたい。

そうして中原と江東を制覇した後に冀州の袁紹を潰し、名実ともに袁家を一つに纏めた後で、正々堂々正面から愚帝を引きずり下ろすのだ。

遠大にして完璧。まさしく袁家の当主が抱くにふさわしい大望と言えよう。

だがそれは、一歩間違えれば周囲に叩かれてしまう危険をはらんでいる。

そのくらいのことは袁術にだってわかっている。

「せめて兗州をこの手に収めるまでは、儂の行動に疑いをもたれるわけにはいかぬ。それまでは大人しく従っている振りをせねばなるまい。本当に忌々しいことだがな」

最初から疑いをもたれている、というか信用されていないのだがそれはそれ。

袁術自身がそう考えているが故に、信用できない新参者に仕事を回すわけにはいかないのだ。

「連中は兗州に回してやろう。そうだな、それがいい。そこで儂のために働かせてやろう。そう考えれば今のうちに恩を売っておくのも悪くない」

取らぬ狸もなんのその。未だ兗州に足を踏み入れてさえいない。それどころか兵を興してすらいないのに将来のことに思いを馳せることができる男は彼くらいの者だろう。

そんな袁術の脳裏には、全てを通り越して志尊の座に座る己の姿があった。

もしも自分が皇帝になったらどうするか。

通常妄想は子供だけに赦された特権だが、なまじ権力がある彼にとって、それは妄想ではなく現実味のある計画であった。

「ふむ。漢に代わる国号は、そうさな……仲がよかろう」

仲とは、春秋左氏伝にその名を残し袁家の始祖と言われている英傑、轅濤塗《えんとうと》の字である。

「くっくっくっ。袁家が治める国を語るのにこれ以上ふさわしい名はあるまいて」

素晴らしい名を思いついた己の才覚に満足する袁術だが、国号の先は考えていない。

どのような法を敷くのか。

どのような国にするのか。

そんなことは考えもしない。

当たり前だ。彼にとって己は君臨する存在であって、働く存在ではないのだから。

袁家の、否、己の威に触れれば全ての問題が解決すると本気で考えている人間が、真剣に政と向き合えるはずがない。

だからこそ妄想に浸れるし、妄想に本気で一喜一憂できるのだ。

ただし、決して現実に目を向けることができないわけではない。

「……惜しむらくは今少しの時間が必要なことか」

袁術は我慢強い人間ではない。

むしろ我慢ができない人間だ。

それでも、袁紹という明確な敵がいて、それを打倒した後に待つ栄誉を妄想している間は我慢ができた。

そして袁術が余計なことをしない限り、袁家が治める土地は優秀な官僚たちによって無駄なく回される。

無駄なく回されることで国力が増し、袁術の妄想が現実へと近づいていく。

すばらしい好循環であった。

だがしかし、この好循環は袁術が余計なことをしないことが前提となっている。

この場合の余計なこととはなにか。

言わずもがな、出兵である。

それも本来の目的とは関係のないところへの出兵こそ、袁家にとって最悪の行為であった。

目下袁家の家臣団が警戒しているのは荊州方面への出兵だ。

だが、幸いなことにこれに関しては袁術も諦め気味であった。

「李傕らが動かんというのであれば仕方がない。ひとまず荊州は諦めるか」

諦めるもなにも荊州は袁術の管轄外なのだが、実はこの袁術、李傕や孫堅が江夏に兵を進めたら援軍として兵を派遣する予定であった。その目的はもちろん漢への忠義を示すため……ではない。

「援軍として迎え入れた軍勢が実は敵が用意した軍勢であった。そんなことはよくあることだからのぉ」

孫堅が死ねばそれでよし、生き延びた連中がなにを言っても知らぬ存ぜぬで通す心算であった。

事実偽旗戦術はこの時代に於いてもポピュラーな戦術なので、ありえない話ではない。

孫家が長安に被害を訴え出たところで、こちらは『劉琦側による離間の計だ』と言えばいい。

現場を見ていない連中には正しい裁定など不可能なのだから、結局は袁家と孫家の発言力の差が全てを決することとなる。

そうなったとき、司空を身内に抱えている袁家に負けはない。

袁術は孫堅にしてやられたことを忘れていなかった。

必ずや意趣返しをしてやると心に誓っていた。

「そう考えれば、先の機会を逃したのは重ね重ね惜しかったな」

前回の攻勢は絶好の好機だったが、さすがの袁術も冬に遠征の兵を出すことはできなかった。

もし兵を出していたとしても、孫堅は船戦を早々に終わらせて荊州内部の鎮圧に動いていたので間に合うことはなかった。むしろ不要な出兵によって資財が消費された上、孫堅や長安から疑いをもたれていただろう。

それらのマイナスがなかったことを喜べばいい。

策士ならそう考える。武官でもそうだろう。

だが軍事に疎い袁術にはそんなことはわからない。

ただ損をした気分になって不愉快になるだけだ。

間の悪いことに、つい先日袁術が不愉快になる情報が入っていた。

孫堅の列侯叙任である。

「くそっ！　戦う事しかできん猪が列侯だと!?　忌々しいっ！」

格下と思っていた猪が自分の地位を飛び越えたのだ。

袁術にとってなによりの屈辱であった。

「あの不届き者をどうしてくれよう。とりあえず劉繇を動かすか？　うむ。そうしよう。同時にそろそろ兗州を落としておこう、その後は……」

孫堅と劉繇を戦わせて両者を疲弊させる。

その間に自分は兗州を平らげて勢力を強化する。

強化した力で以て、疲弊した孫堅と劉繇を落とし、さらに勢力を強化する。

その強化した力で徐州と青州、そして袁紹がいる冀州を落とす。

「うむ！　今こそ好機！　誰ぞある！」

完璧な作戦だった。

もし彼の思惑通りに事が運べば、誰もが袁術のことを称えたことだろう。

だがそうはならなかった。現実は非情である。

「なぜ劉繇は動かんッ！　今が絶好の好機だとわからんのか!?」

「兗州の連中が内応に応じない？　そんなはずはあるまい！　もっとちゃんと言葉を尽くせ！」

「徐州の陶謙《とうけん》が妙な動きをしている？　勝手な真似をするなと叱責してこい！」

「孫堅にも李傕にも動きがない？　動かせ！　それが仕事だろうが！」

「えぇい、どいつもこいつも、なぜ儂の言うとおりに動かんのだ！」

暫くの間、袁術が本拠地としていた平輿県では癇癪をおこして暴れ回る袁術の姿が散見されたそうな。

その姿を見て少なくない数の名士たち——主に荊州から流れてきた者たち——が汝南袁家から距離を置くことになったのだが、それは袁術にとって数少ない朗報であったという。

四

八月　兗州・東郡　濮陽《ぼくよう》

荊州からやや離れた地を治めている曹操は、荊州や豫州で発生していた混乱に巻き込まれることなく、今日も今日とて書類仕事を捌きつつ、陳宮《ちんきゅう》と周辺地域の状況について語り合っていた。

目下彼らにとって最大の関心は、いつ袁術が長安政権からの命令に応えて兗州へと侵攻してくるか、というところにあった。

よって、当然袁術が周辺の諸侯へ働きかけを行っていることは摑んでいる。

摑んでいるのだが、それに対して曹操は何ら対応する手を打ってはいなかった。

一応長安政権に所属している袁術を陰ながら支援するため？

違う。

手を打つ余裕がなかった？

それも違う。

偏に手を打つ必要がないと判断したが故に、時間と労力の無駄と判断したが故に、彼らはなにもしなかったのだ。

そして彼らの考えは正しかった。

袁術に呼応する者が一人も現れなかったのだから。

「袁術も無駄なことをしましたな」

「まぁ、騒ぐだけで終わったからな」

「然り。自身が動かず、他者を躍らせようとは片腹痛い」

「それもあるがな、そもそもこちらではようやく荊州で発生した名士離脱事件の詳細や、それらを受け入れた豫州や揚州の動きに関する情報が入りつつあるところなのだぞ？　その整理が終わらぬことには動きようもあるまい。あと、袁術の誘いに乗って誰に何の得があるのだ？」

「ありませんなぁ」

「明確な利もないのに動く者などおらん。勝算がないなら尚更だ。当たり前の話だな」

「然り」

これまでは袁家のために働くことが自分たちの利益に繋がっていた。

その中でも最も大きな利益として見込まれていたのが、宦官に対する風除けである。

袁家が護ってくれるからこそ名士は袁家のために働く。

名士が働いてくれたからこそ袁家は栄えた。

当時はそれでうまく回っていた。

そこまではいい。

「翻って、だ。今の袁家になにが出せる?」

「さて。あぁ、孫堅殿は襄陽と大量の物資を得ましたぞ」

「ははっ。あれは痛快だったな。袁術の面目は丸潰れ、袁術の失敗を嗤っていた袁紹も、少ししてから奪われたのが汝南袁家の資財だと気付き激怒。そうして責任の擦り付けあいに発展し、袁家が完全に分裂すると連合もまた瓦解した。おかげで私も名を落とすことなく無事撤退することができたわけだ」

「そういう意味では殿にも利はありましたか」

「連中が意図したものではないぞ。それを恩に着せられたら堪ったものではないわ」

「まぁ、そうですな」

一歩引けば三歩踏み込んでくるのが名家というものだが、袁家に至っては平気で五歩以上踏み込んでくるから始末に負えない。

そのことを良く知る曹操としては、冗談でも『袁家のおかげ』などという言葉は聞きたくなかった。

「話を戻すぞ。連中が名家・名士の領袖として君臨できたのはそこまでだ。今は先代らが遺した財を食いつぶしている状態よ」

新たに作ることができないなら後は減るだけ。

一族の楊彪は長安政権に食い込んでいるものの、現在その権力は極めて限定的なものに落とされている。

「中央を諦めて地方で奮起しようにもこの有様だ。どうしようもないな」

「然り」

一応補足すれば、汝南袁家を継いだ袁術には差し出せる恩賞は大量にある。

しかし、それはあくまで金銭や宝物に限った話だ。

兗州の諸侯が欲しているのは金銭でも宝物でもない。

恩赦だ。

彼らは逆賊の名を雪いでくれる恩赦を与えてくれる存在を望んでいるのだ。

その程度のことは袁術とて理解していたのだろう。

いや、もしかしたら袁術は理解しておらず、彼の配下が理解していたのかもしれないが。

真実がどちらかは定かではないが、実際に袁家として『儂に従えば恩赦の対象となるぞ！』という旨が書かれた書簡を大量にばら撒いているので、大きな違いはないものとする。

この書簡作戦、普段であれば効果はそれなりにあっただろう。

受け取った側としても、袁術の器に疑問を抱く者は多々いても、汝南袁家が有する政治力に疑問を抱く者はいないのだから。

だが、（袁術にとっては）意外なことに、袁術の要請に応えようとする者は現れなかった。

当たり前だ。皇帝陛下その人が『これ以上の恩赦を認めない』と宣言してしまっているのだ、袁術に恩赦を与える権利がないことなど、周知の事実であった。

これでは袁術の口車に乗る者など出ようはずがない。

むしろ長安政権に『袁術が勝手に恩赦を口にしている』と告げ口する者が現れたくらいだ。

何を隠そう、ここで涼しい顔をしながら袁術をこき下ろしている曹操もその一人である。

「結局袁術には器が足りぬのだ。アレがもう少しまともなら、今の段階であからさまに動くような真似はしなかっただろう」

動くなら皇帝の親征に合わせて動くべきだったのだ。

親征が失敗したらその責任を追及する形で、成功したら皇帝を褒め称えて恩赦を貰えばいい。それなら諸侯も少しは信用できたはずだ。

「機を逸した結果がこれ、ですか」

「あぁ。時期も悪ければやりかたも悪い。家中にアレを諫める者はいなかったのか？」

「いたらこのような真似はしていないでしょう」

「確かにそうだ」

勝手に恩赦を約束したこともそうだが、それ以前の問題として、袁術があからさまに動いたことで諸侯に警戒する時間を与えてしまったことが問題だった。

その後も酷い。

調略が失敗したのであれば大人しく引くか次の機会を待てばいいものを、何を勘違いしたのか袁術は、自分の命令に従わない兗州の諸侯を亡ぼすための戦支度をするよう配下に命じたという。

確かに袁術が兗州の諸侯を討伐するよう勅命を受けているのは事実だ。

そういう意味では、彼の命令に従わないのはよくないのかもしれない。

だが、諸侯にとって袁術はあくまで袁家の当主であって、皇帝その人でもなければその代理人でもない。よくて皇帝の命令を受けて兵を出した将軍、つまりは前線指揮官だ。

しかもその前線指揮官は漢への叛意を隠していないし、漢もまたその前線指揮官を信用していない。

そんな人間に『漢の人間なら俺に従え』と言われて従う者がいるだろうか？

いや、いない。いるはずがない。

実際袁術の動きを知った劉岱は兗州の諸侯に対して臨戦態勢を敷くよう命じているし、諸侯もその要請に応じて迎撃の準備を整えている。

曹操も要請があればすぐに援軍として出陣する予定である。

「一手でわざわざ敵に情報を送り、万全の態勢を整えさせる時間を与えるとはな。よくもまぁここまで外れを引けるものだ。呆れを通り越して感心するよ」

「……彼が敵で良かったですな」

「あぁ。これが味方なら目も当てられん」

袁家の立場から見て政略的にも戦略的にも、もちろん戦術的にも最悪の選択肢を繰り返し選び続けている男、袁術。彼がいる限り袁家が栄えることはない。そんな彼を止めることができないのであれば、袁家は滅ぶしかない。

曹操をしてそう確信せざるを得ないほど、袁術の行動は極まっていた。

「……黙っていても自滅するような連中に労力を割いてもしかたがないな」

今までは袁術――というか、彼が率いている汝南袁家――に一定の評価をしていた曹操だが、家臣団が袁術の手綱を握れていないと判断した時点で、その脅威度を大きく引き下げた。

袁術に次ぐ警戒の対象は誰か？

言わずとしれた袁紹である。

冀州最大の都市である鄴とその周囲を抑え、着実に足場を固めているように見える袁紹。

漢でも有数の豊かな土地と、汝南袁家に縋ることしかできない無能とは一味も二味も違うと嘯く優秀な集団を率いる彼は、反長安政権を標榜している諸侯の中で――いい意味でも悪い意味でも――最も評価されている存在だ。

尤も、評価と実態が反比例することなど良くある話で。

「袁術もそうだが、袁紹もまた面白い状況に陥っているようだな?」

「御意」

袁紹にとって最大の敵は、言わずもがな。

一人目は、南皮《なんぴ》を中心とした冀州の北部を支配する長安から認められた正式な冀州牧にして皇族である劉虞。

もう一人は彼を支援する幽州牧の公孫瓚《こうそんさん》である。

「単純な国力という意味では袁紹が勝っているだろう。だが袁紹にはその国力を最大限発揮するために必要な人材が足りていない。いや、正確には皇族を敵に回してまで袁紹を支援しようとする人材がいない」

「当然のことですな」

「あぁ、当然のことだ」

相手が劉弁ないし劉協なら『幼い皇族を利用している佞臣を討つ!』と言えただろう。

従う者たちも、相手が〝霊帝の子供〟ならそれなりに納得もしたはずだ。

だが相手は皇族の中でも徳の高い人物として名高い劉虞その人。

さしもの袁紹も『劉虞が誰かの傀儡になっている』とは言えないし、言ったところで信じる者はいないだろう。

攻めようにも、従う将がいない。

文官だって手伝いたくない。

袁紹とて『劉虞を滅ぼした』などという悪評はごめんだろう。

そうなると袁紹陣営がとれる手段は一つしかない。

「公孫瓚と劉虞を仲違いさせ、公孫瓚に劉虞を討伐させること、ですな」

「そうなる。そのために劉虞陣営にも公孫瓚陣営にも大量の使者と書簡を送っているようだが、効果は上がっていない。まぁ当然だな」

離間計。この計略の最も素晴らしいところは、費用対効果が極めて高いところだろう。

極論手紙と使者が往来しているだけでも一定の効果が出るのだからさもありなん。

効果も実証されている。

そりゃあ何度も何度も敵の使者が行き来していれば、どれだけ相手を信用していても不安が頭をよぎるだろう。不信感も生まれるだろう。それらを増幅して最終的に敵対させることがこの計略の肝となる。

単純に相手を貶めることにも使えるので、数年前までの洛陽や長安ではこの計略のスペシャリストと呼べる人間が大量に存在していた程度にはお手軽で効果が高い計略である。

惜しむらくは今はもうその大半が土の中に眠っていることだろうか。

「袁紹が抱えている者たちはその大半が袁紹と同年だ。洛陽の澱みを生きていた連中とは比べ物にならん」

「どのような計略でも機微を理解できておらぬ者には使いこなせませんか」

「あぁ。連中は劉虞が何を欲し、公孫瓚が何を欲しているか理解できていない。これでは不和を生じさせることはできん」

もし史実のように公孫瓚が劉虞の政策に不満を抱いていたら。

もし史実のように劉虞が公孫瓚の行いに不満を抱いていたら。

もし史実のように公孫瓚が物資に苦しんでいたら。

もし史実のように劉虞が公孫瓚以外の軍事力を求めていたら。

もしかしたら公孫瓚は劉虞が治める土地を攻めていたかもしれない。

もしかしたら劉虞は袁紹に助けを求めていたかもしれない。

だが、その〝もし〟は発生していない。

何故か。長安政権が盤石だからだ。

では何故長安政権が盤石なら公孫瓚と劉虞が争わないのか。

「漢に生きる人間にはわかりづらいことだが、涼州と幽州は草原で繋がっている」

「御意。長安に蓄えられている物資が涼州経由で幽州へと運ばれている以上、公孫瓚殿に不安も不満もございませぬ。逆に漢に背いて物資の支給を止められることを恐れるでしょう」

「その通り。で、公孫瓚が漢に背けないと知っている、劉虞には公孫瓚を恐れる必要がない」

「袁紹の使者は『劉虞は長安の陛下にとって代わろうとしている』などと囁いているようですぞ」

「それはお前と袁術だろうが」

袁紹が生き残るには、傀儡の皇帝を擁立して今の皇帝を打倒するしかない。

そんなことは誰でも知っている。

もしその理屈を採用するとしても、それはあくまで劉虞と戦う口実として利用するだけのこと。

本心から劉虞が長安政権を裏切ると考える人間はいない。

それを言って来たのが袁紹の関係者となれば、最早笑い話の類いだろう。

「ええ。公孫瓚殿もそう言って、使者を劉虞様のもとに送ったそうです」

「はっ。わざわざ両者の仲を繋ぐとはな。さすがは袁紹、袁術とやることが同じだ」

「鄴では『なぜうまくいかん！』と騒ぎ立てている姿が見られているようですぞ」

「そこも袁術と一緒か。やはり距離を置かねばならんな」

「御意。袁紹に勝ち筋はございません。精々物資を搾り取るが宜しいかと」

「そうか。では荀彧《じゅんいく》に繋ぎを頼もう。書状の内容は『袁術が兗州を狙っている。もちろん簡単に負ける心算はないが、袁術が不当に支配している汝南袁家は強大だ。抵抗するためにいくばくかの支援が欲しい』といったところかな？」

「十分でしょう」

袁術の行動に嘘はないし、簡単に負ける心算がないのも本当だ。

汝南袁家が強大なのも嘘ではない。

袁術の隆盛を何よりも嫌う袁紹は、自分たちに無理が出ない程度に支援してくれることだろう。

「汝南袁家を滅ぼすのが袁術なら、汝南袁家の隆盛を妨げるのが袁紹、か。いや、違う。偉大な先代らが急死し、まともな引き継ぎができなかった時点で袁家の命運は尽きていたのだろうよ」

「……その先代らが死んだ切っ掛けは、袁紹による宮中侵犯ですが？」

「あぁ、そうだったな。ならば汝南袁家は袁紹の手で滅ぶのか。私も気を付けねばならんな」

「死後を気にかけるのは些か気が早いのでは？　袁紹亡き後、鄴を奪って我が物にするくらいの気概を見せて欲しいものですな」

「ハハッ。こやつめ」

どう考えても詰み。二人の中ではすでに袁家は終わった存在であり、その興味は彼らが消えた後の権益に向けられていた。

それを油断慢心というのは酷だろう。

なぜなら同じような考えを抱いていたのはこの二人だけではない。

多少目端が利く者たちの間では袁家の滅亡は共通見解ですらあったのだから。

この、当時大多数の識者が共有していたこの見解に大きな歪みが生じることになるのは、二人が笑いあってから僅か数か月後のことであった。

五

農作物の収穫も終わり、年を越す準備をしようかという一〇月中旬のこと。

曹操は陳宮から驚愕の報を受けていた。

「……劉岱様が賊に討ち取られた、だと？」

「御意。青州方面から迫りくる百万を号する黄巾の賊徒と果敢に戦うも、武運拙く敗れた、とのことにございます」

「修飾はいい。本当のところは？」

「賊は一〇万に近い集団だったそうです。鮑信《ほうしん》殿が『賊徒は蝗《いなご》の如く数と勢いだけはあります。今のままでは簡単には倒せません。ですがまともな訓練も受けていなければ攻城兵器さえ持ち合わせていない烏合の衆なので、まずは籠城して賊徒の勢いを削ぎ、それから打って出れば大勝できるかと存じます』と告げたところ、何を勘違いしたのか『烏合の衆ならば籠城の必要などあるまい！』と言って出陣してしまい、衆寡敵せず、賊徒に呑まれての討ち死ににございます」

「阿呆か」

端的に言えば、名家にありがちな〝自分に都合の良いことしか聞こえない耳〟が悪さをした結果出陣した総大将が討ち死にした。それだけの話である。

死んだ方は自己責任で済む話が、残された方は堪ったものではない。

そのことは陳宮も理解しているようで、普段とは比べ物にならないほどその表情を硬くしていた。

「それで、その賊徒はどうなった？」

「鮑信殿と公孫瓚殿から援軍として差し向けられていた范方《はんほう》殿という方の奮闘も相まって、今は追い払うことに成功したとのこと。されど被害は甚大で、鮑信殿からは支援物資と援軍が欲しいとのことでした」

「支援物資は、いい。袁紹から巻き上げたモノがあるからな。だが援軍となると……」

ここで重要なのは、賊徒はあくまで追い払っただけであり、滅したわけではないということだ。

当然援軍の仕事は賊徒の討伐となる。

それ自体はいい。曹操とて異論はない。

しかし、時期が悪かった。

「陳留の張邈《ちょうばく》殿より、袁術の動きが活性化しているとの報がございます。ここで鮑信殿のもとに援軍を送れば、袁術への対処に不安が生じまする」

そう。袁術が虎視眈々《こしたんたん》と北上の機を窺っているのだ。今回のコレはまさしく絶好の機会。

必ずや動くだろう。むしろここで動かなければ袁術のみならず配下たちの正気を疑うくらいだ。

南の袁術、東の賊徒。

どちらも討伐しなければならない相手であることに違いはない。

片方だけならなんとでもなる。

しかし同時に、となると。

「二手に分ける、は悪手だな」

「御意」

兵力の分散は控えるべし。

兵法の基本である。

さらに袁術も黄巾賊も数だけは多いので、最低限の数を用意しなくては劉岱と同じように勢いに呑み込まれてしまう。

なにより数が少ないと主導権を握れない。

曹操自身が率いる軍勢ならば一定の裁量を任せてもらえるだろう。だが分割してしまうと、片方が鮑信の軍勢に、もう片方が張邈の軍勢に取り込まれてしまいかねない。

もちろん曹操がいる方はそんなことはさせないが、往々にして発言力とは率いる兵の数に比例する。つまり率いる兵の数が少ないということは、それだけ発言力も減ってしまうということである。

「援軍として馳せ参じたものの発言力がないとか、最悪だな」

反董卓連合に参加したときの曹操がまさにそんな状況であった。

ただあの時は袁紹のおかげ？　で副盟主という立場にあったので諸侯の下につくことはなかったが、そうでなければ良いように使い潰されていたはずだ。

もちろん張邈や鮑信が理由もなく自分たちを使い潰すとは思っていない。

ただそれは、逆に言えば〝理由があれば容赦なく使い潰す〟と同義である。

実際曹操も彼らと同じ立場になったら、無駄遣いはしないがいざという時には使い潰すのだから、そこに文句を付けるのは間違っているとわかっている。わかってはいるのだが、軽々に決断できることではなかった。

「……どう思う？」

「理想は即座に賊徒を片付けて、そのまま陳留へ入ること、ですが……」

「黄巾の賊はしぶとい。もし逃げに徹されたら始末に負えん」

「御意」

元が農民の集団である。

村民になり切ることもできれば、山に潜むこともできる。

それらを捜しだして討伐しなくてはならない。

ただでさえ滅入る作業なのに、今は季節が悪かった。

「これから冬がくる。おそらく連中は青州に帰る心算はないのだろうな」

「……生まれ故郷を捨てますか？」

「土地にしがみついて生きていけるならそれでもいいだろうさ。それができなかったから連中は兗州へと押し入った。全ては政を疎かにした刺史が悪い。そういうことだろう」

「青州の刺史は孔融《こうゆう》殿でしたな」

「元、な。今は劉焉だ」

「そう言えばそうでした。しかしその劉焉は討伐の対象となりました。ならば今はまだ青州では孔融殿の施策がまかり通っているのでしょう？」

「……そうだな」

孔融の施策は儒教の教えに則ったものが多い。

わかりやすいところだと。

田畑は決められたところだけを耕しなさい。

作物は決められたものだけを育てなさい。

塩は国家の専売品なので勝手に作ってはいけません。

こんなところだろうか。

田畑の開墾を制限することで、官吏側は農作物の生産量と税が計算しやすくなる。

農民は決められた土地だけしか耕さなくていいので、家族が増えれば増えるほど農民一人当たりの負担は減る。塩はもちろん犯罪だから勝手に作らない。

人口が増えたらそれを計算して新たな土地を開墾させればいい。

農民は楽だし、官吏も楽。誰も困らない素晴らしい施策である。

机の上では。

この政策には重大な欠点が存在する。

そう、不測の事態が発生したとき対処できないのだ。

洪水や日照りで既存の田畑が潰れたときが一番わかりやすいだろうか。

決められた土地以外では開墾できないため、農家は必至で使えない土地を耕して農作物を作ろうとするが、生産される量はほとんどない。

同じ土地で同じ作物ばかり作っていれば、連作障害も発生する。

官吏がその都度新たな指示を出せるような人間ならいい。

だが後漢末期の役人の質は、誰もが知っているように最悪の一言。

能力がないのは当たり前。そのうえ彼らは単体で傲慢、強欲、怠惰、暴食、色欲、嫉妬、憤怒を網羅している最悪の存在だ。

しかもそれは特別な一人に限った話ではない。役人の大半がそうなのだ。

そんな連中に己や家族の命運を託すことになった民がどれだけ絶望したことか。

さらには大陸全土を襲った凶作と飢饉によって、賊徒と化す者たちが増大した。

自分たちの土地で食べるものが作れないのであれば、他から奪うしかないではないか。

賊に殺されないためには自分も賊になるしかないではないか。

こうして青州黄巾党は、目立った指導者もいなければ目立った方針もないままに一〇〇万を超える集団となったのである。

彼らは政に無理解な儒者に机上の空論を押しつけられた結果生み出された、時代の被害者であった。

「だからと言って何をしても赦されるわけではないがな」

いかなる理由があっても賊は賊。

まっとうに暮らしている民を脅かす存在を赦す理由はない。

通常であれば賊徒の討伐に全力を傾ける。

しかし、袁術を放置するわけにもいかない。

賊か袁術か。

悩んだ末に曹操が選んだのは……。

六

「……鮑信の要請に応じよう」

曹操は袁術よりも青州黄巾党と戦うことを決意した。

「よろしいので？」

陳宮もその決断に否はない。

この問いかけは、ただ曹操に考える時間と口実を与えるためのものだ。

それを知る曹操は、脳裏に浮かんだ諸々の事柄を口にすることで考えを纏める。

「劉岱様の仇を討つこともそうだが、隣に賊が蔓延っていては袁術どころの話ではなかろう」

「それは確かに」

「また、袁術が北上の機会を窺っているのは確かだが、それがいつになるかはわからん。陳留に援軍を送ったはいいものの、そのまま拘束されては意味がない」

「それもごもっとも」

「仮に袁術が陳留を落としたとて、その後の統治を考えれば徒に陳留の民を苦しめるような真似はすまい。しかし黄巾の賊徒は違う。連中は蝗と同じだ。そこにあるもの全てを食い散らかす。その後の統治のことなど考えずにな」

飢えた民が、指導者の教えもなにもなく、ただその飢えを満たすためだけに動いているのが青州黄巾党である。彼らの頭にあるのは目先の食糧を得ることだけ。

統治など考えるはずもない。

「……元は作る側の者たちです。正しい指導者がいれば彼らは今も己の田畑を耕していたでしょうに」

「そうだな、その通りだ。余裕があれば我々が導いてやれたかもしれん。一〇〇万の民に田畑を開墾させ、実りある土地を目の当たりにさせることができたかもしれん。だが、現状では彼らに手を差し伸べることはできん」

「ですな。彼らは黄巾の賊徒。黄色の布を頭に巻いた者たちに手を差し伸べれば、それ即ち逆賊の証」

「あぁそうだ」

黄巾党は先帝劉宏が逆賊認定した宗教団体である。

張角を始めとした指導者たちの死を以て乱の平定を宣言したが、その残党を赦すという言葉は出ていない。

つまり頭に黄色の布を巻いた時点で、彼らは逆賊なのだ。

その逆賊が劉岱を殺したことは……まぁ元々劉岱が逆賊だったので罪に問われることはないだろうが、劉氏の面目というものを考えれば赦されるものではない。

どこぞの腹黒あたりであれば『逆賊同士好きなだけ戦わせればよろしい』などと言いそうだが、そもそも兗州は漢の土地なのだ。そこに住まう民のことを考えれば、賊徒に荒らされるよりは諸侯が治めたほうが幾分マシというものだろう。

兗州の現状と長安政権の意。この二つを考えれば、今の曹操に取れる選択は一つしかない。

「うむ。やはり賊徒を先に殲滅せねばならぬ。張邈や衛臻《えいしん》には悪いが、な。彼らには今の話を伝えた上で、もし袁術が動いたら一時東郡へ退くよう進言しよう」

「御意」

陳宮とて地元である陳留が袁術に荒らされるのは見たくない。

しかし曹操が言うように、賊徒に荒らされることとは比べるべくもない。

一一月。冬を前に曹操自ら率いる軍勢が東郡を出立。

そのまま鮑信が相を務める済北国に入り彼の軍勢と合流した後、賊徒を殲滅。

その後泰山郡にて略奪を繰り返す黄巾賊と戦い、これを大いに打ち破った。

返す刀で南下した曹操軍は二手に分かれ東平国と任城国に侵攻。

賊徒やそれに味方していた土豪を打ち破ると、そのまま山陽郡にて合流。

劉岱の旧臣たちとの合流を果たした曹操は、劉岱が散ったと言われる地に赴き劉岱を称える祭壇を建て、そこで追悼の詩を詠み、諸将を涙させた。

そうして諸将の心を掴んだ曹操は残る賊徒を殲滅した後、州治所のある山陽郡は昌邑《しょうゆう》県に入るのだが……そこで驚愕の報を受けることとなる。

興平三年（西暦一九四年）一月

曹操がその報に接したのは賊徒の大半を討伐し、あとはそれぞれの郡で対処できると判断して兵を休ませようとしたときのことであった。

「なんだと？　それはまことか!?」

「……はっ」

「馬鹿な……」

その報とは、袁術による陳留への侵攻と、張邈らの戦死。

そして陳留を占拠した袁術軍による悪逆非道の限りを尽くした略奪行為についての詳細であった。

曰く、捕虜となった兵士を、車裂にしたり、熱湯の煮えた大鍋にいれて殺した。

曰く、陳留に住んでいた女性を軒並攫《さら》い、慰み者とした。

曰く、富豪を襲って金品を奪った。

曰く、通りがかった邑を襲い、民を皆殺しにして蓄えられていた物資を根こそぎ奪った。

曰く、陳留に蓄えられていた財を全て奪い、家や宮城に火をかけた。

曰く、曰く、曰く。

袁術軍は真っ当な為政者であれば思わず眉を顰《ひそ》めるような所業を繰り返していた。

「何故だ。何故将来自分たちが治める地でそこまで非道な略奪ができるのだ？」

この時代、確かに私刑はある。

張邈との戦で将兵にそれなりの犠牲が出たのであれば、彼らの不満を晴らすために略奪を認めるのはむしろ当たり前のことですらあるだろう。

そのため曹操とて、捕虜を殺したことについてはなにも言わない。

女性を攫ったのも理解できなくはない。

陳留に根差した商人を滅ぼし、空いたところに豫州の商人を据えて財を吸い上げることは汝南袁家にとっても有効な手なので、敢えて陳留の富豪を襲わせることもあるだろう。

そこまでは理解できる。

だがその次からがわからない。

邑に住まう民がいなくなれば、食料の生産力が消失する。

それでどうやって民を養う心算なのか。

家を焼き、財を奪われた民に今後どうやって生きろというのか。

その後陳留を再建するための予算と民の心情を考えないのか。

「まさか袁術は兗州を滅ぼす心算なのか？」

そんなことをして何になるのかはわからない。だがそれ以外に思いつくものがない。

袁術も漢の民なのだから、同じ漢の民に無体な真似はしない。

その予想を外されて呆然自失とする曹操。

「いえ、袁術は何も考えていないだけかと」

そんな曹操に痛ましそうな視線を向けつつ、陳宮はその意見を真っ向から否定した。

「元々彼は南陽に於いても似たような真似をしていたと聞きます。袁術にとって民とは目の前にいる民、即ち汝南、もしくは豫州の民であって、それ以外はどれだけ苦しめても問題のない有象無象の存在なのでしょう」

「そんな、いや、しかし、確かにそれなら辻褄《つじつま》は合う、のか？」

「殿も仰っていたではありませんか。彼は先代からまともな引き継ぎを受けていない、と」

「……あぁ、確かに言ったな」

「袁術にとって張邈は逆賊。逆賊に従う民も逆賊。故に陳留での略奪を赦す。そんなところでしょう」

「それは……」

漢の常識を当てはめれば、一応の理屈は通る。

屁理屈でも理屈は理屈。

そう主張しないと陳留での略奪ができず、兵たちの不満が溜まる。

ならばこれはある意味では苦肉の策なのかもしれない。

無理やり納得しようとする曹操に陳宮は追い打ちをかける。

「そも彼は民の価値を理解していないのです、それは名家出身の儒者にありがちなことでもあります。その点でいえば袁隗らも正しく理解はしていなかったでしょう。故に略奪ができる」

「むぅ」

民を見ていない。実を言えば曹操とて彼らと似たような部分はあった。

彼が民の重要性を本当の意味で理解したのは、反董卓連合で戦死した衛茲《えいじ》に代わって自分が陳留を治めるようになってからだ。

民を富ませれば生産力が増える。

そんな当たり前のことすら当時の曹操は朧気にしか理解できていなかったのだ。

それを理解していたら、若き日に荒くれ者どもと一緒に暴れまわって好き勝手に略奪をしたり、花嫁泥棒なんて人間の尊厳を冒すような真似はしていなかっただろう。

若き日のあれこれについてはさておくとして。

為政者として自分が治める土地の民と触れることが多くなってから、曹操はこれまで興味がなかった農業や商業にも目を向けるようになったのだ。

そうして成長した曹操だからこそ、袁術の行いがどれだけ愚かしいことなのかがわかる。

だが、同じ経験をしていない袁術にそれを理解することはできないし、略奪で美味しい思いをしている部下もわざわざ袁術に考えを改めるよう注進したりはしないだろう。

それは陳留が焼かれたことからもわかる。

少なくともそれなり以上の権限がある人間に最低限の常識があれば、陳留を焼くような真似はしなかったはずだ。何故なら。

「……兗州の刺史は袁術ではなく金尚《きんしょう》なる人物だろうに」

そう、兗州の刺史は金尚である。長安政権がそう任じた。

そして袁術はその補佐を任じられている。

それがあるからこそ袁術は兗州へ兵を進めることができるのだ。

だがそれは、あくまで金尚の補佐でなくてはならない。

自分が治めるべき土地が焼け野原となったことを知れば、金尚はどう思うだろうか。

それこそ長安に袁術の暴虐を訴えるのではなかろうか。

ただでさえ袁家の評価が落ちている中で、ここにきてさらにそれを加速させてどうしようというのか。

曹操の疑問に対する答えは一つ。

「袁術にとって袁家以外に価値はないのでしょう。金尚についても『自分の力で刺史になるのだから金尚は自分の配下。刺史が配下なのだから兗州は自分の物』と考えているのでは？」

自分の物だからこそ好きに略奪できる。

それこそ南陽がそうであったように、だ。

「……あの阿呆が」

そう吐き捨てる曹操の目には明らかな怒りがあった。

当たり前だ。兗州の諸侯ということもあるが、それ以前に陳留はかつて曹操が刎頸《ふんけい》の交わりと見込んだ衛茲が治めていた地であり、今はその子である衛臻が治めていた都市だ。さらに郡太守であった張邈とも知らない仲ではない。むしろ相応に馬が合う仲であった。

その彼らが殺され、彼らが治めていた地が穢されたのである。

怒りを覚えないほうがおかしい。

「陳宮。すぐに袁術の軍勢を兗州から叩きだすぞ。兵を休ませるのはその後だ」

「御意。鮑信殿にはなんと？」

元々鮑信は袁術との戦いに否定的な立場を取っていた。

それは自分たちが逆賊に認定されているのに対して袁術が正式に長安政権から認められていたからだ。

当然、長安政権が認めた刺史である金尚と戦うことにも否定的である。もし彼らが長安政権から恩赦の許可をもぎ取ることに成功していたら、なにもかもをかなぐり捨てて一も二もなく彼らに従うことを選んでいるだろう。

それくらい鮑信は自身が橋瑁《きょうぼう》の口車に乗って反董卓連合に参加したことを後悔し、今も逆賊の汚名を雪げないことを心から恥じているのである。

そんな彼を袁術との戦いに誘うのは極めて危険な賭けとなる。

最悪の場合後ろから襲われることになるかもしれない。

陳宮としてはそのような不確定要素を抱えたくないと考えているが、曹操の考えは違った。

「援軍を要請する。袁術軍が行った蛮行を知れば、今は長安政権がどうとかを気にしていられないと気付くだろう」

「気付かないようなら？」

「私の武運はここまで、ということだな」

曹操から見て鮑信は自分以上に民に近い諸侯である。

そのため民が虐殺されるような状況を見逃すとは思えない。

さらに相手が袁術というのも悪くない。

長安政権が袁紹や袁術を除こうとしているのは周知の事実。

そのことを突けば少なくとも袁術に従うことはないだろう。

懸念があるとすれば金尚だが、陳留のことを考えれば金尚は傀儡だ。

長安政権から責任を問われる可能性もある。

なにせ袁術が焼いたのは陳留だ。

そして今上皇帝劉弁の弟である劉協の肩書は陳留王である。

皇帝所縁の地を焼いた佞臣を討伐することに否はあるまい。

ここまで条件が揃っているにも拘わらず鮑信が曹操に協力しないとなれば、それはもう諦めるしかない。

ある種の開き直りを見せた曹操だが、彼の命運はまだ尽きていなかった。

三月。準備を整えた曹操・鮑信の連合軍は、陳留郡匡亭にて袁術本人が率いる本隊と激突。

これを叩き潰し、袁術軍を兗州から一掃することに成功する。

四月。鮑信を始めとした兗州の諸侯から劉岱亡き後の仮の刺史として立って欲しいと願われ、三度辞退した後にこれを受諾。

あくまで〝仮〟であることを強調した上で刺史となった。

諸侯はその奥ゆかしさに大いに心を打たれたという。


～～～


「荀彧よ、本当だな？　本当に大丈夫なんだな？」

「はっ。公達、いえ尚書令殿や、新たに司徒に任じられた張温《ちょうおん》様からも確かに認可を頂いております」

「そうか。それならいいんだ。……いや、まて、太傅様からは？」

「……長安にはおりませんでしたので」

「馬鹿者！　いますぐに荊州に使者を立てろ！　そして今回の件はあくまで〝仮〟であることと、長安から許可を貰っていることを必ず伝えるのだ！」

「ぎょ、御意！」

七

荊州にて仕事をすること一年と少し経ったが、やはり文官が育ってくると仕事の進み具合が違う。

もちろんこれは既得権益の保持者であった土豪やら名士たちを孫堅や司馬徽が根こそぎ排除してくれたからこそここまで効率化できたのであって、もしも連中が残っていたらもう少し苦労していただろう。

そういう意味では司馬徽に感謝の意を伝えたいところだ。

尤も、彼は『名士がいなければ政は立ち行かん！』という主張を証明するために彼らを連れ出したのであって、俺に協力をしたわけではないのだが。

彼の思惑はさておき。

現状荊州の政は滞りなく行われている。

それこそ劉表がいたころよりも治安は良いし、民の暮らしも楽になっているのではなかろうか。

これについては俺の手腕がどうこうではない。何かにつけて不正をする役人とか中抜きをする土豪とかがいなくなれば、支配地域の財政は健全化するのだ。

財政がまともになればその分を政に使えるようになる。

土地の開発や治水工事。兵士の補充や装備にも気を配れば、治安が悪くなる理由がない。

袁術の手の者や、越族が扇動しようとしても無駄だ。

皆が今に満足していて『昔の方が良かった』と思う人間などいないのだから。

皮肉なことに司馬徽の行動は『政に名士など不要。大事なのは出自に関係なくきちんと働く官吏である』ということを証明してしまったわけだ。

彼は今頃荊州の情勢を知って「どうしてこうなった……」と頭を抱えているのではなかろうか。

出て行った連中のことなどどうでもいいが。

そうこうしていると兗州にて袁術を打ち破った曹操から使者が来た。

なにやら必死で弁明を繰り返す使者の言い分を要約すると『兗州の諸侯に請われて仮の刺史となることになった。長安からの許可は得ている。嘘ではない。荀攸と張温も認めている』とのこと。

長安から許可を得ているのであれば俺から言うべきことはない。

というか何故俺に報告してくるのか……。

そう疑問に思ったが、すぐに答えが出た。

長安の許可はあくまで内示であって公式のものではないのだ。

だから曹操としては『そろそろ公式に認めて欲しい』と思っているのだろう。

確かにこれまで曹操は反董卓連合に参加していた諸侯に囲まれていたため、どうしても彼らの味方として振舞う必要があった。

だが現状はどうか。

袁紹は冀州の半分に押しとどめられたまま。

袁術は曹操に大敗して撤退。

徐州の陶謙や幽州の公孫瓚は元々反董卓連合に加わっていない。

この状況であれば、確かに曹操が反董卓連合の一員として振舞う必要はないだろう。

曹操だっていつまでも逆賊は嫌だろうし、なんなら『自分も袁紹らと一緒に処分されるかもしれない』と警戒しているかもしれない。

「ふむ」

理想としては、曹操も逆賊として処理したいところではある。

だがここで曹操と本格的に敵対した場合、長安政権が勝てるかというと……。

「微妙な所だろうな」

この国に、官軍と西園軍、さらには董卓が率いる軍勢と正面から向き合って勝てる軍勢は存在しない。

それは兗州を支配した曹操でも同じこと。

しかし、負けるとわかっているなら正面から戦わなければいいだけの話。

曹操なら自分たちが各個撃破されぬよう立ち回りつつ、こちらを分断するなりなんなりしてくるだろう。

それなりの相手であれば荀攸や司馬懿でもなんとかなるだろうが、相手はあの万能の天才曹孟徳である。

どんな手を使ってくるか想像もできん。

将兵の被害が増すだけならいい。

もし劉弁が討ち死にしたり暗殺されたら洒落にならん。

曹操にはそれをやり遂げるだけの怖さがある。

だから彼との敵対は避けたい。

そんな中、向こうから『自分は長安政権に逆らう心算はない』と擦り寄ってきているのだ。

今こそ彼を懐柔する絶好の機会だろう。

史実でも曹操は漢に逆らう心算はなかったみたいだし、信用はできると思う。

後に魏国を築いたことで彼は劉協を傀儡化した悪党と言われているが、そもそも当時の皇帝なんて傀儡でなんぼ。むしろ能力もないくせに大人しく傀儡となることを拒否した劉協に問題があるだろう。

あれだ、足利義昭を奉じた織田信長みたいな感じだ。

将軍としての教育をうけていなかった義昭は、将軍としてあまりにも杜撰《ずさん》な人事や政策を立て続けに行い、支配地域の経済や治安を悪化させ諸将からの失笑を買った。

それを見かねた信長が『余計なことはしなくていいから。黙ってろ』と釘を刺したところ、義昭は『俺は将軍だぞ！　俺の言うことを聞け』と逆切れ。

そこから色々と細かいことが重なって、最終的に足利義昭が主導となって織田包囲網が敷かれることとなり、それに勝利した信長によって義昭は追放され、室町幕府は終焉《しゅうえん》を迎えた。

曹操と劉協の関係も似たようなところがある。

まず、劉協は即位する前から皇帝としての教育を受けていなかった。

当たり前だ。彼が元服する前に霊帝劉宏は後継者を定めぬまま死んだのだし、そもそも劉宏の周りにいた宦官たちが求めたのは〝優秀な皇帝〟ではなく〝自分たちの傀儡となる皇帝〟である。

そんな連中が劉協や劉弁にまともな教育を施すはずがない。

結果、兄であった劉弁は殺されたし、残された劉協は傀儡として皇帝の椅子に座ることとなった。

一応董卓は劉協をそれなりに評価していたとされるが、董卓自身が政の場から距離を置いていたこともあって彼に教育を施すような間柄ではなかったと思われる。

そうこうしているうちに董卓は王允の計略に嵌って死んだ。

その王允も董卓の配下によって殺された。

報復の嵐が過ぎたとき、長安の実権を握ったのは政を知らぬ李傕《無頼》と郭汜《破落戸》であった。

当然彼らが傀儡でしかない子供に敬意を払うはずがない。

皇帝とは名ばかりの、傀儡ですらない置物になりつつあった劉協。

そんな劉協に擦り寄った者がいた。

董承《とうしょう》を筆頭とする李傕や郭汜と仲が悪かった旧董卓軍の面々である。

董承は三国志演義などに於いて劉協を護る忠義の士のように描かれているが、実際は讒言を繰り返して周囲の人間を蹴落とそうとする俗物であった。

張済《ちょうさい》・段煨《だんわい》・韓暹《かんせん》・楊奉《ようほう》・張楊《ちょうよう》・袁術・そして曹操。彼の讒言で踊らされた者は決して少なくない。

確たる理念も持たず、秀でた能力も持たず、ただ権力に固執した男、董承。

こんな男でも劉協にとって彼は数少ない――数が減ったのは董承のせいだが――味方であった。

それ故劉協は董承を頼った。

董承の娘を后にした。列侯にした。車騎将軍にも任じた。

劉協には彼しか縋る者がいなかったのだ。

だが、繰り返し言おう。董承は俗物である。

劉協の威がなければその地位を保てない程度の小物である。

そんな小物が劉協に皇帝のなんたるかを説いたところで何になるというのか。

最終的に、曹操の暗殺を企てた罪で董承は曹操に殺され、苦楽を共にした家臣を殺された劉協は曹操と反目することとなった。

それでも曹操は劉協を廃嫡しようとはしなかった。

それどころか自分の娘を嫁がせて劉協の地位を固めようとさえしていたのだ。

――これは曹操が皇帝の外戚となることで実質的に漢を手にしようとしたという見方もあるが、
その場合曹家の後継者であった曹丕《そうひ》との関係が複雑なものとなるし、なにより後年の曹操はその気になればいつでも劉協を除くことができたのに、劉協に一定の敬意を払っていたため、わざわざそんな迂遠な手を打つとは考え辛い。

また曹操の娘曹節《そうせつ》と劉協の仲も極めてよかった。

曹節は曹丕の意を受けた部下が劉協に帝位を譲るよう告げたとき、使者と曹丕を不忠者として叱責しているし、皇位の禅譲に伴い劉協が都落ちした際も彼とともに都を離れるなど、政略結婚では説明がつかないほどの献身を見せている。つまり曹節は、劉協のもとに嫁ぐ際に曹操から劉協を支えるよう指示を受けていた可能性が高い――

つまり何が言いたいのかというと、さっさと曹操の要望に応えてあげましょうってことだ。

ではどのようにして応えるかという話だが、これはそんなに難しいことではない。

確かに劉弁は『これ以上の恩赦を認めない』と宣言した。

だが『功のある相手に対して褒美を与えない』とは言っていない。

そう。無償の恩赦ではなく、功績に対する褒美を与えればいいのだ。

「名目は、そうだな。『袁術によって荒らされた陳留の復興を条件に曹操及び鮑信らの罰一等を減じる』で問題あるまい。これを陳留王である劉協から上奏させることで劉協の発言力を高めるとともに、諸侯に逆賊の名を雪ぐ方法があるとわからせる。曹操らは逆賊ではなくなるし、長安政権は陳留の復興に金をかけなくて良くなるし、諸侯に希望が見えるし、陳留を荒らした袁術に罰を与える口実になる。ついでに袁術の暴虐を止めなかった罪を鳴らして金尚の刺史就任もなし。これでさらに袁家の影響力を削ぐことができる」

曹操が他の諸侯から狙われる可能性もあるにはあるが、なに、曹操なら『抜け駆け？　よく見ろ。私の罪が減じられるのはあくまで陳留の復興が条件だ。どの程度まで復興させればいいか明言されていない。これは私に財を放出させつつ君たちとの仲を裂こうとする悪辣な計略だ』とでも言って上手く躱《かわ》すだろう。

もし躱せずに袋叩きに遭うなら、それはそれで問題ない。

死ねばそれでよし。

死ななくても、地盤を失って逃げてきたならそれを理由に軍権のない役職につけて使い潰せばいい。

「完璧だな。すぐに長安と弘農へ使者を出そう」

――この後、荊州から派遣された龐徳公が、劉協に謁見し李儒からの要請を伝えたところ、劉協は「あいつは皇族をなんだと思っているんだ……」と嘆きはしたものの要請自体は真っ当なものだったのでそれを快諾。すぐに劉弁へと上奏文をしたためて龐徳公へと託した。

太傅だけでなく皇弟からの書状を預かった龐徳公は顔面蒼白となりながらも長安へと到着。

その日のうちに皇帝劉弁との謁見に臨むこととなる。

師と弟からの上奏文を受け取った劉弁は何とも言えない表情を浮かべながら「太傅は本当に太傅だね」と苦笑いをしつつその上奏を認め、兗州の諸侯に向けて勅令を発することとなった。

その勅を受けて一番驚いたのは、誰でもない。

あれよあれよと兗州の刺史になってしまった曹操その人であった。

～～～

「罪を減ずる、だと？　それは公に発せられた勅なのか？　内諾ではなく？」

「正式な勅にございます。先に勅使様を迎えた鮑信殿らは涙を流して勅使様に感謝の意を伝え、陳留の復興に全力を挙げることを約束したとか。これから数日後にはこちらにも勅使様が参られますので、殿はお出迎えの準備を急がれますよう」

「う、うむ。しかしなぜ急に？」

「……どうも太傅様が動かれたそうです」

「太傅様が？　確かに荊州に使者を送ったが、それの返答がこれか？　……なにを企んで、いや、私に何を望んでいると思う？」

「私如きでは確たることは言えませぬ。ただ」

「ただ？」

「単純に『袁紹らと袂を分かて』というわけではないでしょう。むしろこの状況にあって袁術や袁紹をうまく踊らせることを求められているのではないかと」

「それは、ありそうだな。というか。今の我々にそれ以上のことを求められても応えられないぞ」

「ですな。とりあえずは袁紹らに弁明の使者を送りましょう。名分は、そうですな『復興の規模を明言されていないからこれは罠だ』といった感じでよろしいかと」

「そんな子供だましが通じるはずがない……と言いたいところだが、ひと昔前の洛陽では当たり前に使われていた手口だからな。袁紹の周囲にはそのころの洛陽を知っている者が多いから、逆に説得力があるかもしれん」

「では？」

「うむ。使者を出そう。荀彧は勅使を迎えるために必要だから、他の人間を見繕ってくれ」

「御意」

こうして曹操を始めとする兗州の諸侯は逆賊の誹りを免れることとなった。

この勅命が齎した影響は極めて大きく、逆賊認定されてしまったが故に反長安政権を掲げるしかなかった名士たちの間にも大きな衝撃が走ることとなった。

それは戦で大敗を喫した挙句、その前後の行動を名指しで非難された形となった汝南袁家に於いてより一層深刻な影響を及ぼすことになる。

「どうなっておる！　なぜ儂が！　身を削って逆賊どもを打倒したこの儂が！　なぜ長安の若造どもから非難されねばならんのだッ！」

長安政権による汝南袁家弱体化政策は様々な角度で袁家を襲い、その勢力を着実に削いでいくのであった。

五七　兗豫激突

一

時は少々遡り、興平二年（西暦一九三年）一一月上旬　豫州汝南郡　汝陽県　宮城

「ふははははは！　そうかそうか！　二龍だなんだのと称されても所詮はその程度であったか！」


ここ最近碌な報告を受けていない袁術であったが、この日届けられた報は彼を大いに喜ばせた。

その報とは『兗州に青州から黄巾の賊徒が乱入し、迎撃に出た劉岱が戦死した』というものであった。


汝南袁家こそ至高の存在と嘯《うそぶ》く袁術にとって、劉氏など名だけの存在でしかない。

しかし、その〝名〟の部分で袁家が劣っているのもまた事実。

常からそのことに不満を抱いていたところに、劉氏の中でもそこそこ名を知られていた劉岱が死んだというのだ。それも『黄巾の賊徒に敗けた』という、劉氏の凋落を象徴するような出来事がおこったのだ。楽しくないはずがない。

加えて、ことが起こったのが兗州というのも良かった。

「これから攻めようとしていた兗州でこのようなことが起こった。これぞまさに天祐！　いまこそ兗州を我が手に収めん！」

調子に乗った袁術は出兵を決断した。

これに慌てたのが、準備をしていたとはいえ冬の出兵は控えたいと考えていた軍部――の中でそこそこ仕事ができる者たち――だ。

せめて春まで待って欲しいと願う良識派に対し、袁術はこう告げた。

「春まで兵を養う銭は何処から出る？　春まで兵を喰わせる兵糧は何処から出る？」

「……」

武官たちには答えられない。当然だ。彼らの仕事はあくまで〝兵を率いて勝つこと〟であって、軍の維持に必要な物資を管理することではないのだから。

袁術は無言になった武官たちを睥睨し、続ける。

「孫子はこう言っておる『饒野《じょうや》に掠《かす》むれば三軍も食に足る』と」

極論すれば『敵地で略奪をしなさい。そうすれば自分たちは節約し、敵に損害を与えることができる』という意味だ。つまり袁術は兗州で略奪を行うことで軍の維持に必要な経費を賄《まかな》おうとしていた。

自分の言葉を聞いて「一理ある」と頷く武官たちに気を良くした袁術はさらに言い募る。

「孫子はこうも言っておる。『兵を動かすには五事を以てし、これを校《くら》ぶる』と」

孫子が謳う五事とは、一に道、二に天、三に地、四に将、五に法を指す。

【道】が指すのは政《まつりごと》の正しさ。

「黄巾の賊徒が領内を荒らした。これは劉岱らが道を誤ったからだ。民心の離れた者どもに勝利はない」

「お前が言うな」とは誰も言わなかった。

【天】が指すのは時節。

「時期は確かに悪いかもしれん。だが最悪ではない。いや、季節という条件が同じである以上、向こうが極めて混乱している今こそ絶好の機よ」

これもある意味正しいので、反論はなかった。

【地】が指すのは地形。

「儂に従う者どもの中には兗州出身の者も多い。決して地の利が向こうだけにあるわけではない」

これもまた事実であるので、反論はない。

【将】は将軍の質。

「貴様らは兗州の諸侯共に劣るのか？　智・信・仁・勇・厳を備えておらぬか？　一〇万の兵で以て挑んでも勝てぬとでも抜かすか？」

こう言われて「自信がありません」などと言える武官はいない。

【法】は軍法。

「わが軍は汝南袁家の当主であるこの儂を頂点とした精鋭である。それを率いるお主らの間に隙などない！　違うか!?」

ここでも「違う」と言える者はいなかった。

「わかるな？　算を観て勝敗見る。戦に必要とされる五事と七計（民心の掌握・将軍の能力・天地の利・軍令の徹底・兵の数・兵の練度・賞罰の明確さ）。その全てに勝っている我らに負けはない！」

客観的に見て袁家側が確実に勝っていると言えるのは七計のうち兵数だけだが、それらを客観視できるのであれば今の袁家はこんなことになっていない。

結局良識ある武官たちも袁術に言いくるめられてしまい、彼らは兗州へ出兵をすることとなったのであった。

一一月下旬　兗州陳留郡　陳留

袁術軍が北上を開始したという報は、即座に——そもそも隠そうとはしていないのだから当然なのだが――陳留を治める張邈の元へと届けられていた。

「袁術が動いた、か」

「はい。その数一〇万とのことにございます」

「まさかこの時期にここまでの大軍を動かすとはな。袁家の強大さと機を見定める目を褒めるべきなのだろう。だが……」

敵が混乱しているときに最大戦力を叩きつける。

戦略的にも戦術的にも正しい判断だ。

それで言えば、刺史であった劉岱とその周囲にいた文官や武官を失って混乱している今が一番の狙い目である。

もう少しすれば曹操と鮑信の軍勢によって州内の賊が一掃されるであろうことも考えれば、むしろ今しかないとさえ言えるかもしれない。

そんな、僅かにできた隙を見逃がさなかったことについては素直に賞賛できる。

だが、張邈が認めることができるのはここまでだ。

「張邈様……」

報を持ってきた衛臻も暗い顔をしている。

これは袁術の軍勢が一〇万もの大軍だから……ではない。

「扶溝《ふこう》は焼かれ、城壁すら砕かれたそうだな」

「はい。政庁だけでなく民家も焼かれ、冬に備えて蓄えていた物資は根こそぎ奪われたとの由」

「……くそっ！　兵法上は理解できるが、自分たちがやられるとここまで頭にくるものだとは！」

「しかし、些か以上にやりすぎでは？　兗州の民とて漢の民。袁家の連中が勝手気ままに蹂躙して良いモノではございませんぞ！」

若くとも為政者としての矜持を持つ衛臻からすれば、袁術軍の行いは到底許せるものではなかった。

事実、袁術軍が行っている略奪は、孫子のいう【掠める】を大きく逸脱した行為なので衛臻の発言は間違ってはいない。

だからなんだという話だが。

「で、それをどう咎める？」

「それは……」

「長安に袁家の非道を訴えるか？　もしそれをやったとして、長安が袁家と我らどちらの言い分を認めると思う？」

「……」

「忘れるな。我らは逆賊なのだ。袁家の連中の行いは確かに非道極まりない行為だが、それでも長安が袁家の言い分よりも我らの言い分を聞き入れることはない」

「くっ！」

元々衛臻は自分が朝廷に背いた心算《つもり》はなかった。

父である衛茲《えいじ》が橋瑁に騙されて反董卓連合に参加してしまったが故に、なし崩し的に逆賊となってしまっただけなのだ。

故に彼は『自分が逆賊である』ということに対する自覚が足りていなかった。

兗州の諸侯は逆賊。正義は袁家に在り。

逆賊相手なら何をしても許される。

悲しいかな、これがこの時代の常識であった。

「では、張邈様はこのまま蹂躙《じゅうりん》されろと仰いますか？　我らが逆賊だから袁家の行いを認めると、そう仰いますか!?」

「そんなわけがあるまい！」

だが、それを受け入れるほど衛臻も張邈も達観していなかった。

当たり前だ。自分たちが慈しんできた街が、邑が蹂躙されているのだ。

それも残虐非道としか言いようのないやりかたで。

これを大人しく認める為政者はいない。

「曹操殿や鮑信殿からは、袁術が動いたら一時東郡に退けと言われている。一時は制圧されるやもしれんが、合流して袁家と戦えばいいとも、な」

「それは……ですが……」

「わかっておる。我らは退けぬ」

「……はい」

曹操も鮑信も、袁家の内情はそれなりに知っている。

そのため『まともに戦えば自分たちが袁家に敗けることはない』と考えていた。

同時に『袁家の者たちとて同じ漢の民を徒《いたずら》に苦しめることはない』とも考えていた。

その考えが根底にあったからこそ、曹操は張邈ではなく鮑信の援軍に向かったし、張邈も賊の殲滅を優先させた曹操の判断を支持したのだ。

よって、もし袁術軍が普通に侵攻していたのであれば、張邈や衛臻とて捲土重来を期して大人しく東郡へ身を寄せていただろう。

だがそうはならなかった。

何故なら袁術軍の行いは、彼らが許容できる一線をはるかに超えていたからだ。

「戦の後ならまだわかる。我らとの戦いで失った兵らに報いるためにも略奪は必要だろう。だが連中は違う。蝗《いなご》のように押し寄せ、蝗のように奪った。そこに理由はない。ただ欲があるだけだ。そしてその欲が止《とど》まることはなかろう」

「はい」

「ならばどうするべきか、わかるな？」

「はい」

座して待っていても陳留郡全土が荒らされるだけ。

逃げる？　それはできない。

勝者に事後を任せることができないのであれば立ち向かうしかないではないか。

少しでも袁術軍に損害を与えれば、その分だけ侵攻速度が遅くなる。

侵攻速度が遅くなれば、その分だけ民に逃げる時間を与えることができる。

その分だけ曹操らに準備する時間ができる。

ならばここで散っても無駄死にではない。

「心残りは逆賊のまま死ぬということだな」

「……いえ、もしかしたら逆賊の誹《そし》りを雪げるかもしれませんぞ」

「ほう？　何故そう思う？」

「ここ陳留は本来、陳留王である劉協様が治める土地にございますれば」

「あぁ。そうだな。袁術は劉協様の地を荒らしていることになるのか。確かにその点を突けば袁術の行いを非難できるやもしれんな」

「宦官閥や荀家との伝手がある曹操様にそのことを告げ、長安に報告して頂きましょう。それで袁術が逆賊となれば、我らは『逆賊から陳留を護った忠臣』と評されることもありましょう！」

「……さすがに楽観的に過ぎると思うが、まぁ希望がないよりはマシではあるな」

逆賊とはそう簡単に認定されるものではないし、一度認定されたものがそう簡単に覆るはずもない。

　加えて、相手は名家閥の領袖である袁家だ。陳留を荒らした程度で逆賊認定されることはないだろう。

（良くて叱責だろうな）

若き衛臻とは違い、張邈は現実を理解していた。

とはいえ、悪逆の限りを尽くす袁術が正義の軍勢を標榜しているのは面白くないわけで。

（ならば叱責されるだけでも十分、か）

袁家至上主義のお坊ちゃんが幼き帝に叱責を受ける。

その様子を想像しただけで溜飲が下がるというものだ。

「徹底抗戦といこう。袁家の連中に我ら陳留勢の意地を見せつけるぞ」

「はっ！」


〰〰〰〰〰〰〰〰〰〰〰〰〰〰〰〰〰〰〰〰〰〰〰〰〰〰〰〰〰〰〰〰〰〰〰〰〰

一二月

張邈率いる陳留勢一五〇〇〇は陳留の手前にて一〇万を超える袁術軍と衝突した。

結果は衆寡敵せず。張邈や衛臻ら指揮官全員は討ち死に。

兵たちもそのほとんどが討ち死に。

捕虜として捕らえられた者たちも残らず、嬲《なぶ》られて死んだ。

しかし、陳留勢の犠牲は無駄ではなかった。

この戦闘で陳留勢が袁術軍に与えた損害は、おおよそ二万ほどと言われており、あまりの損害の多さに驚いた袁術軍は、略奪を一時停止し軍の再編を余儀なくされたという。

陳留勢の奮闘によって稼げた時間で略奪を逃れることができた民や商人の数は膨大なものとなった。

彼らは後に行われる陳留の復興に大いに貢献した。

その後、彼らからの陳情を受けた陳留王劉協が、皇帝劉弁に対し張邈や衛臻らに恩赦を賜るよう上奏。

それを受けた劉弁は翌年、皇子が誕生した際に『恩赦を与える』と宣言。

こうして張邈や衛臻らは袁術軍から陳留を護った英傑として、逆賊の名を雪ぐこととなったのであった。


〜〜〜〜〜〜〜〜〜〜〜〜〜〜〜〜〜〜〜〜〜〜〜〜〜〜〜〜〜〜〜〜〜〜〜〜〜〜

「……お前たちの仇は必ず取る。だから今は安らかに眠ってくれ」

彼らの名誉が挽回されたことを一番喜んだのは、彼らと親交の深かった曹操であったと言われている。

二

一二月下旬　豫州汝南郡　汝陽県

「そうかそうか。張邈らは死んだか！」

兗州に向かった張勲や紀霊《きれい》から戦勝の報を受けた袁術は、久々の朗報に頬を緩ませていた。

「儂の誘いを断った愚か者どもにはふさわしい末路よな！　しかも張勲らは陳留周辺で随分と楽しくやっておるようだし！　結構結構！」

民の為に必死の抵抗をした張邈らを嗤い、己の部下が陳留で行っている虐殺と略奪を嗤う袁術。

その姿は醜悪そのものであるが、この場に彼を窘《たしな》める者はいなかった。

しかしそれはある意味で当然のことであった。

この時代は勝者によって略奪が行われることは常識だったので、わざわざそれを指摘する者はいないし、なにより彼らにとっても豫州で待機させていた一〇万もの兵を養うために掛かっていた費用が丸々浮いたことは朗報に他ならなかったからだ。

今回の遠征は、武名を稼ぎ、物資を稼ぎ、予算が浮くという、袁家にとっては全く損がない戦いであったのだ。諫める理由がどこにあろうか。

ただまぁ、張勲や紀霊が正直に報告していないこともある。

それは張邈らを討ち果たす際に与えられた損害についての情報であった。

「しかし連中の方から『陳留で年を越したい』と言ってきたのは意外であったわ。向こうはよほど居心地がいいのだろうな」

実際は予想以上の損害を受けたために再編成の必要性に迫られたが故の陳情であったが、袁術はそうとは思わなかった。

それもそうだろう。一〇万もの軍勢で奇襲を仕掛けたのだ。

一五〇〇〇足らずの軍勢に損害を与えられるなどと思うはずがない。

戦を知らない文官たちもそれは同じであった。

「御意。まぁ豫州では略奪などできませぬからな」

万事が机の上のことでしかない彼らにすれば、軍部に関する理解などこの程度でしかない。

それを知るからこそ、張勲らも彼らが納得するような口実を設けたのだろう。

正しい報告をしない武官と、それを疑わない文官。

どっちもどっちである。

だが最も救えないのは、やはり彼らを束ねる当主だろう。

「当たり前じゃ。我が民から略奪などさせるものかよ」

言うに事欠いてこれであった。

当然のことながら『袁家が民に優しい』と思っているのは彼らだけである。

現在汝南どころか豫州の民全体が袁家によって設定されている重税に苦しんでいる。

彼らの恨みは止まるところを知らない。

だが、既得権益に溺れる文官たちには民がどれだけ苦しもうと関係がなかった。

重要なのは自分と家の栄達なのだから。

「おぉ！　見事な御覚悟！　やはり袁術様こそ汝南袁家の当主にふさわしい！」

「そうであろうそうであろう！　袁紹なぞ目ではない！　この儂こそが汝南袁家が当主、袁公路よ！」

気分よく嗤う袁術と、それを褒めちぎる文官たち。

文官たちは今回の件で浮いた予算をどうやって着服するかを考えているのだが、そんなことは袁術にはわからない。

もしわかったとしても、名家の常として見逃しただろう。

完全に屋台骨から腐っている袁家。彼らがそれを自覚し改めることはない。

それどころか……。

「ふむ。そうさな。春には儂も兗州へと出るかのぉ」

「なんと！　袁術様自ら戦地に赴く、と？　さすがに危険なのでは!?」

「うむ！　確かに危険はあるじゃろう。だがしかし、総大将たる儂が姿を見せれば、兗州にいる者どもの士気は天を衝くほどになろう！　士気軒高な袁家の大軍を前にした兗州の諸侯たちはどうなると思う？」

「それは……戦う前に心が折れますな！」

「そうじゃ！　戦う前に勝つ！　これこそが戦の極意よ！」

「おぉ！　さすがは袁術様！　その知略、我らが及ぶところではございません！」

「ふはははは！　そうじゃろう、そうじゃろう！」

実際は自分も兗州で略奪行為がしたいというだけの話なのだが、そこを突っ込む者はいない。

このとき袁家の者たちは、誰も彼もが戦勝に浮かれ、自らが歩むであろう明るい未来を夢見ていた。


〜〜

一月下旬　兗州山陽郡　昌邑県

「袁術め！」

袁家が陳留で行った蛮行を知った曹操は、彼らの行動方針を探るため袁家に間者を放っていた。

しかし、その意味はあまりなかった。

間者が捕らえられた？

違う。

袁術が隠した？

それも違う。

袁家に連なる者たちが勝手に吹聴して回っていたからだ。

「兗州で略奪をする。それだけだと？　それ以外に目標もなにもない、だと!?」

これでは最早袁家の畑扱いである。

舐めるどころの話ではない。

「鮑信。これでも君は袁家の行いを見過ごすというのか!?」

「……」

「やつらの狙いは陳留だけではない！　兗州全てだ！　連中は食いつくすぞ！　東郡も、山陽郡も、済北国もだ！」

「……っ！」

曹操に言われずとも、鮑信とて理解している。

袁家の暴虐も、それから逃げる民の声も。

張邈がなんのために戦ったかも、すべて理解している。

それらを理解していながらも、鮑信には袁家と矛を交えることに抵抗があった。

それは『自分たちが逆賊である』という負い目から来ている。

もし鮑信が袁家の行いを糾弾したとして、だ。

袁術から「逆賊を打倒した者がその報酬として略奪をしているだけだ」と言われてしまえば、鮑信に返す言葉はない。

これ以上家の名誉に泥を塗ることはできない。

しかし民が暴虐に巻き込まれると知っておきながら、ただ座して待つのは正しいことなのか。鮑信は悩んでいた。

（決断できぬ、か。止むを得ん）

揺れる鮑信に曹操は一つの可能性を方向性として指し示すこととした。

「鮑信。君に一つ告げていないことがある」

「……なんだ？」

「実は長安政権から我らに指示が出ている。無論、これは陛下も認めていることだ」

「な、なんだと!?」

逆賊であることが負い目となっている鮑信からすれば、長安政権から指示が、それも皇帝陛下が認めている指示が出ているという曹操の言葉は正しく青天の霹靂《へきれき》であった。

驚く鮑信に曹操はさらに告げる。

「私の配下には荀彧がいる。長安で尚書令をしている荀攸が彼の従子であることは君も知っているだろう」

「……うむ」

ここで曹操が宦官閥のことを前に出してきたら信用などできなかっただろう。

だが、荀家であれば話は違う。

正直に言えば荀家の血縁関係までは知らなかった鮑信だが、少なくとも曹操が長安政権と渡りをつけることができるということは理解できた。

そこが理解できれば話は早い。

「それで、君は長安からなんと言われているのだ？」

「袁家が兗州に手を出したのならば、これを掣肘《せいちゅう》せよ、と」

「なん……だと。長安はこうなることすら予想していたというのか!?」

「いや、さすがにここまでは予想してはいまい。あくまで金尚なる人物を刺史にさせぬようにして欲しいという要請であった」

「何故？　いや、そうか。彼を推したのは楊彪と王允だったな」

「そういうことだ」

王允は売国の逆賊であり、楊彪は袁家の関係者である。

皇帝とそれに近い一派が袁家の影響力を削ぎたいと考えていることは明白なので、鮑信としてもその指示には納得ができた。

「……陛下のご命令とあらば是非はない。袁術と戦おう。しかし、その前に一つだけ聞かせて欲しい」

「なんだろうか」

「君が……君が長安政権と繋がりを持ったのはいつからだ？」

事と次第によっては赦さん。

そういう決意を込めた視線に対し、曹操はやや後ろめたい表情をしつつ応える。

「……東郡の太守になったあとだ。正確なことを言えば荀彧が仕官してきてくれた時点で荀家という繋がりはあったが、当時の私には向こうに働きかけることもできなければ、向こうから働きかけがくることもなかった」

「……そうか、そうだろうな」

なにせ曹操は宦官閥の領袖にして反董卓連合の副盟主だ。

いくら荀彧と荀攸に血の繋がりがあろうとも、そう簡単に信用されるはずがない。

また、当時の曹操には確たる所領が無かったため、袁家を抑えるよう依頼をしても実行する力がなかった。それらの事情を勘案すれば、曹操が長安政権と繋がるのは東郡の太守となった後だろう。後ろめたい表情をしているのは、自分たちに隠していたからか。

だが、自分たちは未だに逆賊である。

それを考えれば長安政権が曹操に口止めしたのも理解できる。

そもそも長安が信用したのは曹操ではなく、あくまで荀彧だ。

そう考えれば、鮑信にも曹操が簡単に秘密を明かすことができなかった理由がわかろうというもの。

「実のところ私がこのことを君に告げるとすれば、それは君に逆賊の汚名を雪げる機会が訪れたときだろう。そう考えていた」

「それは……」

期待を抱かせる言葉だった。

「あぁ。張邈や衛臻からの使者から齎《もたら》された書状にもあっただろう？　袁家が暴虐の限りを尽くしている地はどこか、と」

「……陳留、か」

「そうだ。私は長安政権からの要請を果たすことで、君は陳留王である劉協殿下のご威光に縋ることで逆賊の汚名を雪げるだろう。いや、私がそう上奏する！　私の功の全てと引き換えにしてでも君の逆賊認定を解いてもらう！」

それは鮑信にとって決定的な一言であった。

「そ、そこまでしてくれるというのか。この私のためにっ……！」

完全に落ちたな。

横で聞いていた陳宮はそう思ったが、曹操の勢いは止まらない。

「いいや、君のためじゃない！　兗州の民のためだ！」

「！！！」

敢えて突き放すような言い方を選んだが、人たらしである彼の選択は間違っていなかった。

「そうか。そうだな！　そうだった！　君はそういう漢《おとこ》だった！」

鮑信は曹操の熱い心意気に触れて涙を流す。

彼はここに覚悟を決めた。

「私が間違っていた！　あぁそうだ！　迷うことなどない！　我らは兗州の民の為に戦うべきなのだ！」

「うむ！　私も及ばずながら尽力しよう！」

鮑信の宣言を受けて叫ぶ曹操。

熱い男たちの友情が再確認された瞬間であった。

こうして鮑信の協力を得ることができた曹操は、袁術との戦いに向けて軍を再編した。

二月下旬。曹操は雪解けを前に兗州中から集まった兵四万を率いて出陣。

三月に陳留郡の北部匡亭に陣取り、袁術を迎え入れて略奪に精を出そうとしていた袁術軍と激突することとなる。

反董卓連合の副盟主を務めた者同士が激突するときは刻一刻と迫っていた。

三

「はぁ？」

明けて二月。兗州にて略奪をするため意気揚々と乗り込んできた袁術を迎えたのは、兗州の諸侯が自分たちの行動を妨げようとしているという報であった。

その中でも袁術が反応したのは、兗州の諸侯軍の中でも一際大きな集団を率いている男の名であった。

「曹操じゃと？　袁紹の腰巾着が生意気にもこの儂に背くつもりか！」

袁術からすれば曹操は袁紹の親友にして子分である。

同じ袁家の人間である袁紹が後ろにいるならまだしも、曹操が単独で自分に逆らうことなど認められるはずがない。

「宦官の孫に身の程をわからせてくれん！　まずは邪魔者から潰すぞ！」

「「はっ！」」

再編成を終えた今、袁家の軍勢は九万近くとなっている。

対する兗州諸侯軍は四万程度しかいない。

しかも何を勘違いしたのか、彼らは野戦の構えを取っているというではないか。

堅固な城に籠もられたら厄介だが、野戦であれば話は別。

倍する兵を以てすれば負けることはない。

「大軍に兵法なし！　押しつぶしてくれるわ！」

実際は九万ながら、一〇万を号する大軍で以て押し寄せる袁術。

彼の眼には輝かしい勝利しか映っていなかった。


～～～

三月　兗州陳留郡　匡亭

袁術率いる大軍は陳留郡内での略奪もそこそこに、曹操と鮑信が率いる兗州軍が布陣する地へと乗り込んできた。

一連の動きは曹操から見ても全く無駄のない用兵であり、曹操や鮑信は思わず袁術を見直すところであった。

もちろんこの動きは袁術や武官たちが『略奪している最中に攻撃を受けたら不利になる』と考えて行ったことではない。単純に『まずは自分の邪魔する曹操らを討伐してから思う存分略奪をするぞ！』と考えてのことである。

彼らにそれ以上の思惑は存在しない。

その証拠に、現在兗州軍と向き合っている袁術軍には緊張感というものが見られなかった。

「流石は袁家。なかなかの大軍、と言いたいところだが……」

「それぞれの部隊に纏まりがございません。遠目でも規律が緩んでいるのが分かりますぞ」

「あぁ。連中は既に勝ちを確信しているのだろう。勢いに乗るのは悪いことではないのだが、アレではな」

「御意」

大軍を大軍たらしめるためには軍令を徹底させる必要がある。

それができなければ、大軍は大群に成り下がる。

規律のない群れは、規律のある軍勢に及ばない。

もちろん劉岱が賊徒に敗れたように、群れが軍勢を呑み込む場合もある。

だが、それは最初からそうならないよう動けばいいだけの話である。

それが兵法というものだ。

「ふむ。あの程度の連中であれば……」

「殿？」

「いやなに。ぶつかる前に小細工を弄してみようと思ってな」

「小細工と申されますと？」

「なに、釣りのようなものだ。まずは鮑信に連絡を取ろう」

「釣り？　……あぁ。掎角《きかく》ですな。確かにあれらには効果がありそうです」

「そうだろう？　それに一手間加えたい。うまくいけば一撃で片が付くぞ」

「そこまでいかずとも効果はありますな。畏まりました。鮑信様に使いを出しましょう」

「うむ」


〜〜〜


「袁術様！　ご覧ください！」

「そんなに慌てずとも聞こえておる。で、どうした？」

「兗州の連中が割れております！　どうやら連中は我らの圧力に耐えかねたようですぞ！」

「なに？」

張勲が指し示した先を見れば、兗州軍がゆっくりと、だが確実に二手に分かれていた。

陣を変えるにしては軍勢同士の距離があるし、策にしては動きが遅い。

確かに、見ようによっては分裂しているように見える。

というか、分裂しているようにしか見えない。

「ふ、ふははは！　何もせずともこれか！　なんとも情けのないことよ！　いや、我が大軍の威勢を前にすれば当然のことではあるがな！」

「なんの！　袁術様の御威光あってのことにございます！」

「そうかそうか。そうじゃろうな！　戦わずして勝つ。これぞ兵法の極意よ！」

「お見事にございます！」

張勲から持ち上げられたことで有頂天となる袁術。

確かに大軍を前にすれば戦う前から士気が挫けることもある。

むしろ、それを狙って兵を集めるのが兵法というものだ。

それに鑑みれば、倍以上いる敵を前にして、それも野戦を挑むとなれば付き従う兵の士気が挫けるのは当然のことでさえあった。

だが、大前提として『袁術許すまじ』の一念で集った兗州軍が、今さら袁術軍を前にして分裂などするはずがない。

故にこの動きは見る者が見れば不自然極まりない動きなのだが、袁術らは彼らの事情を知らない。

また兵法上敵を前に戦力を分散させることに意味などないし、なにより敵に倍する大軍を擁している。これらのことが慢心となって、元々明瞭とは言えない袁術らの眼をさらに曇らせていた。

「敵は大きく二つに分かれました。片方を率いるのは曹操。もう片方を率いるのは鮑信のようです！」

「船頭多くして船山に上る、か。主力を率いる者たちが仲違いとは、なんとも無様なものよのぉ！」

「御意！」

やはり軍令。己を筆頭とした強固な体制こそが勝利を呼び込むのだ。

そう嘯く袁術に、張勲は一つの決断を迫る。

「それで、どうしますか？」

「む？　どうするとはなんじゃ？」

「はっ。先に曹操を攻めるか、それとも鮑信を攻めるか。もしくは両方を同時に攻めるかを、総大将である袁術様にお決めいただきたく！」

袁術軍はなまじ大軍を擁しているからこそ、選択肢が多かった。

もし張勲が総大将であれば、どちらか一方に二万程度の抑えを当て、残る全軍でもう片方を討つことを選択していただろう。

軍事的には正しい。しかしこの軍の総大将は張勲ではなく袁術である。

今後の事を考えれば袁術を差し置いて決定をするわけにはいかない。

そういった事情があるため、張勲は敢えてわかりやすい三択を袁術に提示したのである。

そんな戦場の気遣いを受けた袁術はといえば。

「なんと！」

張勲の気遣いもなんのその。感謝するなり提案を真剣に考えるなりをすればまだ救いはあったが、そんなことはなく。それどころか『この儂に面倒なことをさせるでないわ！』と張勲を罵ろうとした。

（いや、まて。そも戦に於いて総大将が行動を決定するのは当たり前のことであるし、なによりそれを他人に任せては反乱を招きかねぬ）

だが袁術は咄嗟のところで思いとどまった。

思いとどまってしまった。

もしもここで張勲を叱責し、その後で『あの程度の連中など、貴様が蹴散らしてみせよ！』と全権を委任していたら話は変わっていたかもしれない。

しかし、その〝もしも〟は起こらなかった。

「……鮑信に使いを出せ。このまま我らと合流して曹操を討つなら、その功を以て罰一等を減ずるよう長安に上奏してやる、とな」

「鮑信に？　なるほど！　鮑信を矢面に立たせるのですな！」

「うむ。連中なんぞ儂らが戦うまでもないわ。賊軍同士で争わせてやればいい」

「お見事にございます！　しかし……」

「なんじゃ？」

「それで鮑信が死ねばいいでしょう。損耗した曹操を我らが擂《す》り潰すだけです。しかし鮑信が勝った場合は如何なさいますか？」

本当に上奏するのか？

確かにその手段を採用すれば敵の数は減り、自軍が増えて戦闘が楽になる。

だが、そのあとで略奪できる場所が減ってしまうから困る。

ある意味で純粋な心配をする張勳に袁術は笑いかける。

「お主は生真面目じゃな。……なぜ儂が逆賊との約束を守らねばならん？」

曹操と鮑信。勝った方が敵となるだけだ。

上奏？　知らん。

こちらはあくまで逆賊を策に嵌めて潰しただけ。

あくまで戦場の口約束。あくまで策の一環である。

故に鮑信がなにを主張しようと意味はない。

死の間際に『嵌められた己が愚かだった』と嘆けばいい。

なんなら鮑信が相を務めていた済北国が略奪される様を特等席で見せてやれ。

「おぉ！　お見事にございます！」

袁術の腹の内を確認して不安を払拭した張勲は、袁術に掛け値なしの賞賛を向けた。

「ふ。そうじゃろうそうじゃろう」

先程までとは違って、敵を前にしてもなお落ち着きのある風貌は、袁術もまた一廉《ひとかど》の人物であると思わせるだけのモノがあった。

ただまぁ袁術に備わっているのは、あくまで見た目だけであることに違いはなく。

【総大将が冷静】

本来は喜ぶべきことなのだが、その総大将が袁術となれば話は別であった。

よもやこのことが袁術軍の敗因になることなど、誰が予想しただろうか。

その後、袁術からの使者を迎えた鮑信は上奏を約束してくれた袁術の言葉に大いに喜び、それを伝えてくれた使者にも感謝の意を示したという。

四

「ふむ。逆賊が儂に感謝するのは当然のこととして、アレを先陣にするにはちと陣形と場所が悪いな」

使者から鮑信の態度を聞いて満足そうに頷いた袁術であったが、自軍と兗州軍の陣形を見やってやや不快気にそう呟いた。

「御意。寝返りをした者が先陣を務めるのは世の習いにございます。ですが完成した軍勢に異物を入れるのはよろしくありません」

「そうじゃのぉ」

鮑信の軍勢を使い潰す気満々ではあるものの、陣形を崩してまで迎え入れるのは憚《はばか》られた。

というのも、元々大軍を擁していた袁術軍は、数に劣る兗州軍を包囲殲滅するために最適な鶴翼の陣を敷いており、すでに将兵の配置も完了している状態だったのだ。

ここに新たな軍勢を加える、しかも曹操とぶつかる場所に配置するとなると、大幅な配置転換が必要となる。

その隙を突いて逃げられたら――大軍に対して向こうから来るとは考えていない――ここまで手間を掛けた分が無駄になってしまう。

ここまできて曹操に逃げられるのは面白くない。

袁術はそう考えた。

尤も、この程度のことであれば鮑信に使者を出す前からわかりそうなものだが、鮑信が戦う前から全面降伏する可能性の方が低かったことを考えれば、一概に袁術を責めるのは憚られるところである。

なお、袁術軍の配置が完成するまでの間、曹操と陳宮はいつでも逃げられたにも拘わらず敢えて動かなかった。それどころか袁術軍の練度を見物していたのだが、そんなことは『見よ、連中は我らが大軍を前に怯えておるわ』と嘯いていた袁術にはわかっていないのだが、それはそれ。

「こうなれば鮑信を適当な位置に置いて、曹操を潰した後で擦り寄ってきたところを包囲殲滅したほうがいいかのぉ？」

「なるほど！　曹操と鮑信を争わせることはできませんが、各個に撃破することはできますからな！」

覚悟を決めた四万の兵と正面から戦うよりも、二万の兵と二回戦った方が大軍側の損害は少ない。

張邈らの奮闘で少なくない損害を出した経験を持つ張勲としても、相手を分断した上で大軍を大軍として機能させてくれる戦い方を提示した袁術の意見に否はなかった。

「よし、決まりじゃ。鮑信めの軍勢は我らが左翼につけさせよ。もし曹操めが『裏切り者は赦さん！』と鮑信の軍を狙えばそれも良し。左翼と戦っている間に本陣と右翼が駆け付けて逆賊共を纏めて包囲してくれよう！」

「おぉ！　孫子に曰く『常山の蛇勢』にございますな！」

「うむ！」

常山の蛇勢とは、軍勢を先陣《首》・後陣《胴体》、左翼《頭》・右翼《尾》とした上で『首を打たれれば尾が助け、尾を打たれれば首が、胴を打たれれば首と尾とが一致して助ける』という、とにかく隙を作らない陣形である。

形の上では鶴翼の陣に似ているため、鮑信を左翼に加えたところで大きな変更はない。

ただし、その運用方法には大きな違いがある。

鶴翼の陣が少数の敵を翼の中に収め、それをたたむように敵を包囲して殲滅することを目的とした攻撃的な陣形なのに対し、常山の蛇勢は自分たちと同数かやや少ない相手をいなすことを目的とした陣形である。

そう、常山の蛇勢とは、基本的に防御に向いた陣形なのだ。

「ふっ。大軍に隙がなくなれば曹操めにはますます打つ手はあるまい！　これこそが王道の戦よ！」

「流石は袁術様！」

確かに孫子は『負ける理由を潰してから戦え』と語っている。

その意味では袁術の意見は間違っていないだろう。

だが戦略や戦術という意味では、どうだろうか？

鮑信を戦わせると言いながら先陣を任せない。

曹操に逃げられたら面倒と言いながら防御に向いた陣形を敷く。

この時点でブレブレである。

まして常山の蛇勢は各々が防御と移動と攻撃を担当する関係上、それぞれの部位を担当する将帥に極めて高い実力が求められる陣形である。

翻って袁術軍の将帥にその実力があるのかと問われると、答えは否。

いや、先陣の紀霊と右翼の橋蕤《きょうずい》はぎりぎりで及第点を貰えるかもしれないが、左翼の楽就《がくしゅう》は無理だし、中央も張勲だけならなんとかなったかもしれないが、袁術がいる時点で攻撃に参加するのは難しい。

よって、もし曹操が本気で袁術と戦うことを選んだのなら、まず先陣の紀霊に抑えの兵を当てつつ、本隊は迷わず右翼に突撃を敢行して本陣と左翼が右往左往している間に殲滅するなり突破するなりするだろう。

そうなった場合、袁術に打てる手はない。

戦場にて既定の戦略を変えて自らの立場を危うくする袁術。

彼の選ぶ行動は、ある意味で神がかっていた。

〜〜

「まさかここまでとは……」

「恐るべし、袁術」

曹操と陳宮は目の前の敵が取った行動に戦慄していた。

それも当然のことだろう。

なにせ元々九万もの大軍を擁していた袁術軍が、その左翼にさらに二万近い軍勢を迎え入れたのだ。

しかもその二万とは、元々袁術と戦うために集まった鮑信が率いる兗州軍である。

かつての敵を味方に取り込む手腕。

戦場で新たに味方に加えた軍勢を使う度量。

その軍勢を正面ではなく左翼に加える戦術眼。

そのどれもが曹操や陳宮の想定を遥かに上回っていた。

「これは、どうしたらいいと思う?」

「もう、単純に釣ればよろしいのでは?」

呆然と問いかける曹操に、些か投げやりに答える陳宮。

もう少し真面目にやれと言いたいところだが、これも当然のことかもしれない。

なにせ袁術の決断によって事前に用意した策のほとんどが無駄になったのだ。

『もうどうにでもなれ』と言いたくなるのも無理はない。

さしもの曹操も袁術が鮑信を自陣に加えるとは、想定していなかった。

というか、想定できるはずがない。

そもそも曹操らが狙っていたのは掎角、つまりこちらの兵を足と角の二つに分け、敵の兵を分散させる、もしくは挟みうちにする策である。

こちらが二部隊に分かれた場合、普通であれば袁術軍は鮑信か曹操に抑えの兵を置き、残った方を全軍で叩くよう動く。それが普通だ。

袁術軍がそうしてきた場合は、狙われた方が防御に専念し、狙われなかった方が抑えの兵を蹴散らして敵の本隊を挟むつもりであった。

それ以外の行動とすれば、大軍であることを利用して兵を二分してそれぞれに当たるか、片方を完全に無視してもう片方に全力を注ぐという戦法もある。

この中で曹操が一番嫌ったのは、兵を二分されることだ。

これをやられると鮑信も曹操もお互いに倍する兵を迎えうつ形となるため、不測の事態が発生しやすいのだ。

よって袁術が兵を二手に分けた場合は即座に合流するなり、機動戦に持ち込んで相手を疲弊させる予定であった。

そう。二手に分かれた兗州軍を前に袁術軍が取れる手段は、抑えを置くか、分散するか、片方を無視するかの三つしかない筈だった。

曹操も陳宮もそれ以外には考え付かなかった。

それが彼らの限界であった。

しかし袁術は格が違った。

なんと分散した鮑信に降伏するよう使者を出したのである。

「よもや、鮑信を取り込もうとするとはな」

なにをどう考えればその選択肢が浮かんでくるのか、曹操には皆目見当がつかなかった。

確かに成功すれば無傷で二万の敵を引き入れることができる。

敵が二万減り、味方が二万増えるのだから、実質四万の援軍を得るようなモノだ。

しかも元が共に袁術を討つ為に集った兗州軍となれば、こちらの士気を挫くことにもなるだろう。

完璧だ。完璧な策だ。曹操にも非の付け所はない。

袁術に鮑信を味方につけることが不可能だという点を除けば、だが。

「……これは埋伏の計、になるのか？」

「もしも殿がこれを埋伏の計と抜かすようなら、古の兵法家が陵墓から出てきて殴りかかってきますぞ」

「……そうか。そうだな」

埋伏の計とは、簡単に言えば敵の中にスパイを紛れ込ませ、ここぞという時に裏切らせる計略である。

目の前の袁術軍内における鮑信の立ち位置はまさしくそれなのだが、こうなったのは袁術がこうしたからであって、曹操や鮑信が狙ってやったわけではない。

というか、狙ってこんなことができるなら、戦術も戦略も不要だ。

必死で大軍に勝つための策を練っている陳宮がやさぐれるのも当然である。

「まぁ、今回はこれで勝てるのだから、な？」

「……そうですな。失礼致した」

「気にするな。気持ちはわかる。本当にな」

元々七割あった勝率が九割となった。

その上、自軍の被害も事前に想定していたものよりずっと少なくなる。

何も悪くない。むしろ理想的な状況だ。

この状況でむくれていては、軍部から『お前は我らにもっと犠牲が出て欲しかったのか？』と詰め寄られても文句は言えない。

そう考えなおした陳宮は、素直に己の態度が悪かったことを認めて頭を下げたし、曹操もまた鷹《おう》揚《よう》にそれを受け取った。

これで一件落着、ではない。

勝率が九割になったとはいえ、残りの一割が残っている。

曹操らは勝利を確実にするために動く必要があった。

尤も、これに関してはそんなに難しい話ではないのだが。

「敵は鶴翼、いや、あれは常山の蛇勢のつもりか？」

「でしょうな。鮑信様をどう使うか判断ができなかったのでしょう」

「ふむ。我らが鮑信に向かえばそれで良し。もし違うところに向かっても鮑信をぶつけるには困らん、か」

「……敵ながら見事な策ですな」

「うむ。こうも見事に墓穴を掘られるともう褒めるしかないな」

「御意」

袁術の思惑を完全に看破した曹操と陳宮。

こうなれば彼らが取る策は一つしかない。

「ではゆるりと逃げるか。殿《しんがり》は……まぁ子孝《曹仁》あたりなら問題あるまい」

「よろしいかと」

三十六計逃げるにしかず。

わざわざ万全の防御態勢を整えている相手に挑む必要など、どこにもない。

大軍を前に悠然と引き上げる曹操軍。

その姿には敗軍とは思えないほどの規律が見え隠れしていたのだが……。

「ふはははは！　曹操も戦う前から崩れおったわ！」

「流石は袁術様にございます！」

有頂天になった袁術は気付かない。

そして下してはいけない決断を下してしまう。

「こうなればもはや陣を固める必要はない！　全軍、突撃せよ！　曹操の首を獲った者は太守にしてやるぞ！」

「「「おぉ！！！」」」

勝勢に在って事前に多大な褒美を約束することは間違ったことではない。

将も兵も袁術の気前の良さを認め、褒美を求めていつも以上の力を発揮してくれるだろう。

「これぞ袁家の戦！　これぞ王の戦よ！」

勢いに乗って前進する自軍を見てそう嘯く袁術。

このときの彼は、正しく得意の絶頂といえる状態にあった。

五

「なんだこれは。どうなっているのだ？　こんなことがありえるのか？」

戦う前から袁術に下ったと思われ、そのまま左翼に配置されていた鮑信は、己の目に映る光景を疑っていた。

戦いとは厳しいもの。

戦いとは思い通りにいかないもの。

反董卓連合に参加して徐栄率いる軍勢に蹴散らされた。

青州から来た賊徒に領内を荒らされた。

それらの経験は鮑信に『戦場の厳しさ』を刻み付けるには十分すぎるものであった。

それらの経験に鑑みれば、現状鮑信の目に映る光景は、鮑信が〝こうあってほしい〟という願いを映し出しているとしか思えないほど、鮑信にとって都合がよいものであった。

「こんなこと、ありえんだろう」

鮑信がそう零すのも無理はない。

なにせ、目の前では袁術軍が勝手に崩れているのだから。

正確には、鶴翼の陣に於ける本来の使い方である『翼をたたむように敵を覆う』のではなく、せっかく敷いた陣を乱して、それぞれが勝手気ままに曹操軍へと襲い掛かっているのだ。

そのせいで左翼に置かれた鮑信の軍勢と、中央に布陣している袁術の軍勢の間には誰もいない状況となっている。

一応罠を疑うも、布陣している場所が見通しの良い立地であることも影響して、隠れ潜んでいる相手は確認できない。

隙だらけだ。

好機どころの話ではない。

絶対的な勝利の確信でもなければこんなことはできないだろう。

軍の勢いだけ見ればなるほど、一気呵成に攻める袁術軍に曹操軍が圧倒されているように見える。

だが、目を凝らせば曹操軍が規律を以て最小限の犠牲で袁術軍を捌いているのに対し、袁術軍は犠牲を顧みず、多大な被害を出しながら曹操軍と戦っているのがわかる。

「しかもあれは……」

鮑信がみたところ、袁術軍の被害は曹操軍との戦いだけでなく、後ろの味方から押し出されることで発生しているものも見受けられた。

それはさながら地に放り出された肉を奪い合う野良犬の如し。

軍令などあったものではない。

結果両軍の損害は、曹操軍が一人打ち取られる間に袁術軍は三人以上が死傷している。

ぱっと見で三倍近い損害を出している袁術軍だが、それでも数は力。

このままいけば二万の曹操軍を擂り潰すことも可能だろう。

曹操軍の数が減るにつれて袁術軍の被害も減るだろうから、最終的な被害は三万から四万くらいになるだろうか。

袁術軍も多大な犠牲を払うことになるが、袁術ならば将兵の損耗を嘆くよりも、褒美を与える相手が減ったことを喜ぶかもしれない。

そういう人間でない限り、あのような戦はできない。

「醜いな」

あれが正義であるものか。

あれに大義などあるものか。

あれを皇帝陛下が認めるものか。

戦前に曹操から打ち明けられていたことに疑いを持っていなかったと言えば嘘になる。

荀彧を通じて自分だけ長安と接触していたことを羨ましいと思わなかったと言えば嘘になる。

「だが、事ここに至れば是非もなし」

奸賊、袁術死すべし、慈悲はない。

「ここであれを打ち破り、我らが大義を天下に示す！　行くぞ！」

「「おぉぉぉぉぉ！」」

鮑信軍動く。

その鋭い矛先が向く先は、もちろんがら空きの袁術本隊！


～～～


「大変です、袁術様！」

「む？　どうした？」

「鮑信、謀反にございます！」

「はぁ？　なぜここで儂を裏切る必要がある？　曹操のところに向かっているのではないのか？」

負けそうになっているときに裏切るのならわかる。

だが、袁術からすればこの戦はすでに勝ちが確定した戦だ。

勝ち戦の最中に裏切る阿呆がいるなど、聞いたことがない。

故に袁術は張勲の報告を真に受けず、よりあり得る方向に勘違いしたのではないかと思った。

しかし、張勲の報告に齟齬はなかった。

「ご覧ください！　曹操軍にではなくこちらに矛先を向けております！　鮑信の裏切り、間違いないかと！」

「むぅ……確かにっ！」

いかに袁術とて、自分の目で見れば相手が誰を敵としているかくらいはわかる。

「あの男っ！　儂があれだけ恩情をかけてやったというのに！」

元々配下になったわけではないので謀反ではないし、恩情もなにも、曹操と一緒に滅ぼそうとしていたくせに、いざ反発されたらこの言いよう。

『袁家のために死ねるなら本望であろう』というのは袁術の中にしかない常識――もしかしたら袁紹の中にもある可能性はある――なのだが、それが通ると本気で考えているところが、袁術らしいというべきか。

「防戦の準備を！　本陣が鮑信を抑えている間に前線から兵を引き戻し挟み撃ちとします！」

袁家の常識についてはさておくとしても、追撃のために陣が乱れたところに横やりを入れられては、被害が甚大なものとなる。

本陣が混乱すれば全軍が混乱する。そうならぬよう鮑信の軍勢が到着する前に守りを固めようとした張勲の判断は正しい。もしその通りに動いていたら鮑信の軍勢にも多大な被害が出ていただろう。

だが、この陣の総大将は張勲ではなく袁術である。

そして袁術にとって最も重要で、最も貴重な存在は袁家の当主である自分自身。

その玉体に万が一にも傷を負うことなどあってはならない。

それは天下の損失だ。

本気でそう考えている袁術が、勢いをつけて迫りくる鮑信の軍勢を相手に防戦を選択するはずがなかった。

「儂は下がる！　貴様らは連中を抑えろ！」

「はっ！　は？」

なにを言っているのかわからない。

表情でそう告げてきた張勲に、袁術は苛立たし気に告げる。

「聞こえなかったか？　儂は下がると言ったのじゃ！　そも儂の身になにかあったらどうするつもりだ!?」

「そ、それは……」

「ええい、問答をしている暇はない！　兵は神速を貴ぶ！　護衛として一万の兵を連れていく！

貴様には鮑信と同じ二万を預けるから貴様らはここで連中を迎え撃て！　……よもや同数の兵に勝

てんとは言わんじゃろうな？」

「ぎょ、御意！」

同数であっても兗州勢と袁術軍ではその質が大きく違う。

さらに袁術軍は不意を突かれ、勢いに負けているのだ。

その上、総大将である袁術が真っ先に戦場を後にするとなれば、戦う前から士気が崩壊しかねない。

よって張勲としては、袁術に残ってほしかった。

実際に指揮を執らなくてもいい。

ただいるだけで士気は保てるのだから。

「では任せた！」

「あ……」

思い直すよう言い募ろうとした張勲だが、袁術は彼が口を開くよりも早く撤退してしまった。その決断の早さと、軍勢と共に戦場を離れる速さはまさしく神速。

残された張勲は、同じく残された二万の軍勢でもって鮑信の軍勢に当たるも、最初から袁術軍を亡ぼさんとする鮑信率いる兗州軍と、戦う前から総大将が撤退、しかもその際に精鋭一万を引き抜かれてしまった袁術軍では勝負になろうはずもなく。

「無念！　引くぞ！」

勢いにのまれた袁術軍は一刻も持たぬ間に壊滅。張勲らは僅かな兵と共に落ち延びることとなった。

張勲にとって救いがあるとすれば、鮑信が張勲よりも、未だに曹操と戦っている袁術軍を優先したことだろうか。

「逃げる連中は追うな！　これより曹操軍と合流して残った袁術軍を叩き潰すぞ！」

「「「応っ!!」」」

だが、それで救われたのは張勲と一部の兵のみ。

この後、曹操軍と鮑信軍によって散々に蹴散らされた袁術軍は執拗な追撃を受け、数日後には兗州からたたき出されることとなるのであった。

〜〜

時は少しだけ遡り。鮑信軍が袁術軍に攻撃を仕掛けたころのこと。

「鮑信が動いたが、袁術の動きも早い。このまま袁術を討てればよかったのだが、そう簡単にはいかんか」

「御意」

鮑信の軍勢が袁術軍の本隊に向かったことは曹操の目にも見えていた。

それと同時に、一万近い軍勢が戦場を離れるのもまた見えてしまった。

「袁術の性格であれば意地になって戦うと思ったのだがな」

そうなっていれば、こちらもそれなりの損害を受けるだろうが、袁術の身柄は確保できていただろう。

しかし、真っ先に逃げられてはそうもいかない。

同数の軍勢と戦っている間に距離を取られてしまったし、なにより袁術軍の大多数は曹操と戦っているのだ。

これを放置すればいずれ曹操軍は数に呑まれるだろうし、鮑信の軍勢とてただでは済まない。

故に鮑信は袁術への追撃をあきらめ、戦場に残された袁術軍を処理することを選ぶだろう。

これはあやふやな予想などではなく、戦理に基づいた確信だ。

「鮑信がくる前に、こちらでもできることはやっておこうか。陳宮」

「はっ。袁術を討ち取ったと喧伝しますか？　それとも兵を置いて逃げたと喧伝しましょうか？」

「ふむ。討ち取ったとなれば将兵の中に命を捨てて敵を討ちにくる連中が出てくるやもしれん。ここは『逃げた』にした方がよかろう。事実だしな」

「確かに。ではそのようにしましょう」

どれだけ優れた将であっても事実は誤魔化せない。

総大将が真っ先に逃げたことを知った将兵がどうなるかなど、考えるまでもないことだ。

「任せる。敵もその情報に加えて本陣が鮑信に襲われているのを見れば今の勢いを失うだろう。敵が崩れたら妙才《夏侯淵》と子廉《曹洪》に突撃させて敵陣を真ん中から切り裂く。その後、右の敵には妙才と俺が。左の敵には子孝と子廉を当てる。元譲《夏侯惇》は負傷した兵を纏めて軍を再編したのち、敵の輜重を狙わせろ。それで終いだ」

「御意！」

袁術がもう少し我慢すれば、本隊はまだ耐えられたかもしれない。

むしろ鮑信を囲んで倒した後、曹操も倒せたかもしれない。

しかしながら、その〝あったかもしれない未来〟は、数万の軍勢よりも自身の安全を選んだ袁術自身の手によって閉ざされた。

戦場に取り残された袁術軍は、混乱したまま曹操軍と鮑信軍に挟まれて崩壊。

執拗に行われた追撃によって甚大な被害を出しただけでなく、兗州侵略のために用意した物資のほとんどを曹操らに奪われることとなる。

それでも数万の兵が逃げ延びることに成功したのは彼らの生き汚さが優れていたのか、それとも部隊を指揮していた指揮官の有能さ故のことか。

それらの真偽はさだかではないが、ともかく曹操と鮑信が率いた兗州軍は、袁術の軍勢を無事返り討ちにすることに成功したのであった。

尤も、これで終わらないのが袁術という男であり……。

三月

命からがら逃げ延びた袁術軍は、豫州は梁国薄県《りょうこくはくけん》にて敗残兵を糾合していた。

出陣した際は一〇万を数えた袁術軍であったが、無事に薄県にたどり着けたのは五万に満たない数であったという。

「ええい曹操め！　鮑信め！　偶然勝ちを拾ったからと調子に乗りおって！」

まるで敗残兵のように背を丸める兵を見て、憤る袁術。

彼は自分の周囲にいる精鋭が無傷であることから、今回の敗戦を偶然のもの、もしくは鮑信の裏切りに起因する偶然だと考えていた。

だからこそ、とでも言おうか。

袁術は自分が負けたという自覚が薄かった。

「しかし、今から兗州に攻め込むのは現実的ではありませぬぞ」

「わかっておるわ！」

張勲としても裏切り者を赦しておきたくはない。

だが「これから再度兗州を攻めるといったところで従う者はいないだろう」とも考えていた。

それに関しては袁術も同意見である。

攻めるにしても再編を終えた後でなければならないということくらいは理解しているのだ。

総大将が逃げたせいで……と憤っている兵の心については全く気付いていないが。

「ともかく今重要なのは軍を再編することじゃ！」

「御意。しかし再編を行うにあたって必要な物資が……」

「……おのれぇ曹操！　宦官の孫風情が栄えある袁家の財を奪うとは、つくづく性根が腐っておるわ！」

先に攻めたのは袁術だし負けたのも袁術なのだが、袁術にとってそんなことは些事である。

なにせ彼にとって袁家に逆らう者は悪であり、滅ぼされるべき存在なのだ。

これこそが天地神明が認めた絶対の理。それに背くなんてとんでもないことだ。

「あの逆賊どもには、いずれ目にものを……いや、まて。逆賊？」

「え、袁術様？」

「そうじゃ！　いいことを思いついたぞ！」

袁家に逆らう者に生きる価値なし。

燕雀《えんじやく》安《いずく》んぞ鴻鵠《こうこく》の志《こころざし》を知《し》らんや。

袁家の隆盛こそが大事。それ以外は小事。

自尊心を極限まで肥大化させた今の袁術に、大望を知らぬ小物が拘《こだわ》る理など関係ない。

「寿春じゃ。我らはこれより寿春を落とす！」

「……寿春は劉繇が治める土地ですが」

劉繇は揚州牧にして袁術がひそかに誼《よしみ》を通じている相手である。

それを狙うのか？　と張勲が問えば、袁術は満面の笑みを浮かべて首肯する。

「うむ。あれとて立派な逆賊。儂らが討伐する分には問題あるまい？」

「それは、まぁそうですが」

表面上はそうだ。漢の法に照らし合わせれば、確かに問題はない。

「あやつめ、どうせ自分が攻められることはないと呆けておろう。そこを衝くのじゃ！」

「な、なるほど」

油断している敵を狙う。戦術的にも戦略的にも間違っていない。

「そもそも物資が足りんというなら連中が率先して差し出すべきじゃろうが。儂はその手間を省くだけのことよ！」

「は、はぁ」

実際に物資がないことには何もできないし、なにより現在袁術軍が困窮しているのは戦で負けたからだ。戦闘の前に逃げだした袁術の責任が大とはいえ、兵を率いた将として張勲としても反対しづらいところであった。

また、袁術の意見は、これ以上豫州から搾り取れないことを知っているが故に、新たな物資の調達先に頭を悩ませていた文官たちにしても悪いものではなかった。

「最近豫州も活気が薄れてきたと思っておったところじゃて。ここは思い切って本拠を移すのも悪くないやもしれぬな」

寿春は、揚州の州治所にして東に豫州、北に徐州、南に廬江を睨む要衝である。

また袁術による圧政が敷かれていないため、豫州にある郡県に比べれば確かに活気もある。

袁術が新しい拠点とするのも理解できなくはないかもしれない。

だがしかし、冷静に考えればあの袁術が、汝南に並々ならぬ思いを抱いているあの袁術が、自分から豫州を離れようとすること自体がおかしなことである。

(あぁ。そうか)

袁術は絶対に認めないだろうが、張勲らは気付いてしまった。

彼が兗州から離れたがっていることを。

復讐を嘯きつつも、その眼には曹操らに対する恐れが宿っていることを。

言いたいことがないわけではない。

だが総大将である袁術が決めたのならばそれに従うのみ。

「……かしこまりました。これより寿春を攻めましょう」

自分自身にも曹操らに対する恐怖があることを隠しつつ、張勲は頭《こうべ》を垂れた。

「うむ！」

己の意見に素直に従う張勲を見て、それでいいのだ。と満足げな表情で頷く袁術。

彼の目にはなにが映っているのだろうか。

現実が見えない主君と、それに従う部下たち。

彼らが進む道にあるのは、彼らの支配を歓迎する声かはたまた怨嗟の声か。

袁術が中心となって引き起こされる中原の混乱は、彼が兗州を離れてもなお収まる気配を見せていなかった。

エピローグ

一

興平三年（西暦一九四年）五月　荊州南郡　襄陽

鮑信ら兗州の諸侯が諸手を挙げて万歳三唱し、謂《いわ》れのない非難を受けた袁術が激怒し、希望を目の当たりにした名士たちの結束に亀裂が入り、梯子《はしご》を外された形となった司馬徽が頭を抱え、立て続けにお偉いさんと顔を合わせた龐徳公が胃を痛めることになった勅が発令されてから二か月ほど経ったある日のこと。

今日も今日とて書類仕事に励む李儒の下に、一人の少年が送り込まれていた。

というか、拉致されてきていた。

「太傅！　これはどういうつもりだ！　……いや、本当にどういう状況だ!?」

「ようこそ襄陽へ。お待ちしておりました殿下」

「普通に挨拶をするな！　まずは説明しろ！　説明を！」

後ろ手に縛られながらも、悪逆の徒として名高い董卓でさえ恐れる腹黒外道を正面から罵倒する少年。

護衛として彼らの様子を窺っている呂布でさえ『全身肝か』と慄《おのの》く偉業を成しているのは、皇帝劉弁の弟である陳留王劉協であった。

皇族として最も皇帝に近い立場に在るとさえ言える彼が、何故罪人が如く後ろ手に縛られて李儒の前に転がされているのか。

もちろん李儒が皇帝劉弁に対して叛意を抱いたわけではない。

むしろ皇帝劉弁からも頼まれていることだ。

事の発端は数か月前にさかのぼる。


〰〰〰〰〰〰〰〰〰〰〰〰〰〰〰〰〰〰〰〰〰〰〰〰〰

長安某所

「ねぇ司馬懿？　いい加減、協の喪は明けてもいいはずだよね？」

「頃合いかと」

「よし、決定。李儒の所に送って」

「はっ」


～～～～～～～～～～～～～～～～～～～～～～～～～～～～～～～～


「まぁこんな感じですね。要するに『そろそろ仕事をしろ』という陛下からの命でございます。後ろ手に縛っているのは気分……「気分!?」……ではなく、殿下が馬に乗って逃げないよう某が李傕殿と郭汜殿に依頼したからですな」

「お前は私をなんだと……」

「聞けば最近、兵法や政の授業に身が入っていないと伺っております。それに対する戒めと思ってくだされ」

「くっ……」

反論しようとした劉協であったが、李儒が弘農を離れてからの自分の行いを顧みれば、口を噤まざるを得なかった。

本来であれば元服前の劉協が公務に当たる必要はない。

だが世は世紀末にして戦国乱世の一歩手前である。

今の長安政権には劉弁以外に動ける皇族がいないことや、先日劉弁と唐后の間に子ができたことは確認されたものの、未だ情勢に不安がある中で劉弁になにかあったときは劉協が立たねばならないという事情も相まって、数年前に丞相として働いていた経験を持つ劉協を遊ばせておく余裕はないのだ。

書類仕事でもいい、簡単な視察でもいい。どんな仕事でもいいからやって欲しい。

それが劉弁の偽らざる気持ちであった。

ただし、劉弁とて今の劉協に難しい仕事をさせるつもりはなかった。

劉弁はあくまで小康状態に在る荊州で政のあれこれを学んだり、弘農でさぼりがち——公的には喪に服している最中だったのである意味では当然なのだが——だった兵法やらなにやらを学び直しつつ、荊州の慰撫や書類仕事をこなしてくれればいいと考えていた。

そんな劉弁の気持ちをしっかりと理解しつつ、幼い劉協に荊州における重要な仕事をさせようとしている太傅がいるのだが、それは本人以外に与り知らぬところであるので問題はない。

もちろん、劉協に仕事を押し付けようとしている李儒にもそれなりの言い分がある。

「以前長安にて殿下は王允や楊彪殿に言われた通りに決済をしておりました。無論、幼き殿下が三公の提案に従うことが悪いとは申しません」

「うむ。そうだろう！」

三公とはそもそもが皇帝に代わって実務を行う者たちだ。

その意見を跳ねのけるにはそれなりの知識や根拠が必要となるが、当時一〇歳だった劉協にそんな知見などあるはずがない。

よって、当時の劉協が唯々諾々と彼らに従ったとて、それは劉協を利用した王允や楊彪らの罪であっても、彼が恥じ入ることではない。

だがしかし。権力者の無知がそのまま罪であることもまた事実。

「しかしながら、彼らが提唱したものの中には、殿下でも『おかしい』と気付くことができたものが多々あったのも事実でございます」

「……うむ。そうだな」

裁決の前に弘農に確認の許可を送った銭の改鋳などがその最たるものだったが、他にも蔡邕の投獄やその後の扱いに関するあれこれなど、王允以外の者からされた上奏にも耳を傾ける必要があったのも確かである。

提出者が誰であれ、彼が確認し承諾した書面によって苦しむ者がいるのだ。

それを知ることは為政者にとって最低限の義務である。

そこに年齢など関係ない。

「御父君、先帝陛下はそれができない御方でした。宦官たちを信用しているといえば聞こえはよろしいやもしれません。ですがそもそも後宮の管理人でしかない宦官を重用すること自体が誤りなのです」

信用することと重用することは違う。彼らの父である劉宏は存命時にそれらを理解できていなったからこそ、死して尚公然と霊帝扱《ぼんくら》いされているのだ。

愚者は経験に学び、賢者は歴史に学ぶ。

身近に失敗を犯した存在がいるのであれば、それを反面教師にするのは当然のことである。

「……父上はなぁ」

劉協も長安や弘農にて色々と学んでいる身である。

そのため父である劉宏に為政者としての資質がなかったことは重々承知している。

圧倒的な事実を前にされては、父を侮蔑された形となった劉協としても李儒のことを『不遜だぞ！』と叱ることはできなかった。

「思えば先帝陛下もある意味では不幸な御方でしたが……」

そも先帝劉宏は先々代の実子ではないが、李儒も劉宏の行いに一定の理解はあった。

それも実子がいなかった桓帝劉志が直接養子として迎え入れたのではなく、劉志が死んだ後、残った劉志の妻や宦官たちによって擁立されたという経緯を持つ。

彼ら彼女らが当時貴族とは名ばかりの極貧生活を送っていた劉宏を劉志の後継に指名したのは、なんのことはない。後ろ盾のない彼を傀儡にするためであった。

最初の切っ掛けがそれであり、その後も周囲を宦官や劉志の関係者で固められた劉宏に打てる手などない。よって大人しく傀儡になるしかなかったと言えばその通り。

傀儡から脱却しようとした矢先に急死したことを考えれば、決して劉宏の行動が間違っていたとは言えないかもしれない。

だが、劉宏にも幾度かはあったのだ。周囲から宦官を一掃する機会が。

それは竇武《とうぶ》や陳蕃《ちんばん》らが宦官を排除せんと挙兵したときであり、黄巾の乱の際に王允が張譲を告発したときであり、黄巾の乱の後に何進が宦官たちと肩を並べる程の実力者となったときである。

それ以外にも何度か機会はあったもののその度に機を逃し続け、結局はずるずると宦官の言いなりになり続けた時点で、劉宏は皇帝が務まる器ではなかったと言われても仕方がないことなのかもしれない。

しかしながら、そんなことは国に苦しめられた民には関係がないことだ。

劉宏がもう少しまともであったなら。劉宏がもう少し宦官以外の声を真剣に聞いていたならば、漢はもう少しまともな国になっていたはずだ。

国中からそういう声が上がるのは至極当然のことであった。

「そうならないよう、陛下や殿下はたくさんのことを知らねばなりません。たくさんの家臣の声を聞かねばなりません。たくさんの書類と向き合わなければなりません」

「……そうだな」

皇帝の教育係に真面目な表情でそう告げられれば、劉協とて真剣に応じないわけにはいかない。

なにせ言っていることは何一つ間違っていないのだから。

しかも李儒は『自分の意見を聞け』ではなく『たくさんの家臣や書類と向き合ってその意見を聞け』と説いているのである。これに反発を覚えるほど劉協の性根は曲がっていなかった。

なお、横で話を聞いていた呂布は内心で『たくさんの書類と向き合うのは少し違うのでは?』と考えていたが、敢えて異を唱えることなく黙っていた。

これで空気を読める男なのだ、彼は。

そんな呂布の気遣いはともかくとして。

純真無垢な劉協を書類地獄という名の奈落の底に叩き込まんとする腹黒の講釈は続く。

「ここ荊州にいれば、殿下は様々なことを目の当たりにするでしょう。弘農にはいない賊。弘農にはいない阿呆。弘農にはいない名士崩れ。そして荊州と隣接する地域にいる賊徒どもの行いも目にすることになります。それらから眼を逸らしてはなりません」

子供だと侮って利用しようとする者もいるだろう。

讒言を囁いて李儒やその他の家臣たちと仲違いさせようとする連中も出てくるだろう。

もしかしたら皇帝に擁立しようとする者も出てくるかもしれない。

それらから距離を置くことは簡単だ。

長安に逃げればいい。劉弁の影に隠れればいい。

だが忘れてはならない。

劉協は皇帝ではなく、皇族なのだ。

兄である皇帝を支えるべき存在なのだ。

なればこそ、劉協は悪意から逃げてはならない。

向き合い、学び、捌き、己のために利用するくらい強かにならなければならないのだ。

「差し当たっては軍学。これからいきましょうか。ちょうどいい例もありますしね」

為政者として政を学ぶことは大事だ。そのことに異論はない。

しかし乱世に於いて最も求められるのは軍学である。

といってもこれは、劉協が万の軍勢を率いて戦うために学ぶのではない。

万の兵を率いる将を邪魔しないために学ぶのだ。

楽毅《がくき》然り李牧《りぼく》然り廉頗《れんぱ》然り白起《はくき》然り。名将と謳われた将軍たちの大半が君主やその周囲にいる者たちの嫉妬や讒言により戦いの邪魔をされている。

彼らの邪魔をしたせいで負けた勢力のなんと多いことか。

特に楽毅などその好例であろう。昭王の後を継いだ恵王がもう少しまともな判断ができたのなら、燕は斉を打ち破り、秦と覇を競う強国となっていたかもしれない。

極論すれば、家臣を疑うのは敵を全滅させてからでいいのだ。

功を立てすぎた武官を殺すのはその後でいいのだ。

高祖劉邦《りゅうほう》とて、韓信《かんしん》を討ったのは漢と戦える勢力がいなくなってからではないか。

蜚鳥《ひちょう》尽つきて良弓《りょうきゅう》蔵《かく》れ。

狡兎死して、走狗烹らる。

通常これは『敵が滅びれば、武功を上げた功臣は殺される』と解釈されるが、君主の側として解釈すれば『鳥が尽きるまで弓はしまってはならない。兎を殺すまで狗は丁重に扱うべし』となる。

実際に功を立てた家臣を殺すかどうかはある程度戦乱が収まってからのことになるだろうが、少なくとも前線で戦う将兵の邪魔をするようなことはしてはならない。

近年、それをやらかした例がすぐ近くに存在した。

言わずと知れた迷君袁術である。

「袁術の行いから、絶対にしてはならないこと、やるべきではないこと、やらない方がいいことを学んでいきましょう」

「……兄上に上奏するため軽く話は聞いていたが、駄目なことばかりしているんだな」

「彼は本物の阿呆ですから」

「……袁家の当主がそれでいいのか？」

「いいわけがないでしょう。ちなみに殿下が同じことをしたら陛下が止める前に某が討ちますので悪しからず」

「お、おう」

控えめに見ても太傅が皇弟に『殺すぞ』と宣告したに等しい行為であった。

もし前後の会話を聞いていなかった者がこの現場に居合わせたなら、その日のうちに『太傅に謀反の兆しあり！』と噂が広まっていたかもしれない。

だがここにはそのようなことを考える阿呆はいなかった。

すでに袁術の行いを知っている呂布はもちろんのこと、直接言葉を浴びせられた形となった劉協でさえ漠然と話を聞いただけでも「まぁそうだろうな」と納得したくらい、袁術の行いは常軌を逸しているのだから。

父、宦官、王允、そして袁術。

数多の反面教師に恵まれた劉協は彼らの行いから如何なる教訓を学び取るのだろう。

（その教えはどうかと……いや、私は壁だ。なにも聞いていないしなにも見ていない）

護衛としてこの場にいることを赦された唯一の人物は、腹黒外道の薫陶を受けた少年が数年後どのような人物に成長するのかを考え一瞬止めようと思ったが、嫌な予感がしたのですぐに考えることを止めた。

彼の決断が漢にとって吉と出るか凶と出るか。

その評価を下すことができる人間は、今の世にはまだいない。

二

「ではまず。兗州侵攻前からですね」

袁術の行動から学ぶ、絶対にやってはいけないこと講座の時間である。

参加者は劉協の他に彼と一緒に弘農から移動してきた董白《とうはく》とその付き人である王異《おうい》。

そして呂布の娘である呂玲《りょれい》と、荊州の名士である龐徳公の甥、龐統であった。

彼は劉協が荊州に入ったことを知った龐徳公から、劉協と年齢が近いうえ英傑の片鱗が見える甥に出世の機会を与えると共に世の中を知って欲しいと願われて出仕させられていた。

李儒や劉協からすれば人質を差し出されたようなものだが、荊州の名士と関わりを持つことは劉協にとっても損なことではないし、なにより李儒が龐統のことを知っていたので、二つ返事で受け入れたという経緯があった。

董白と王異については、まぁお察しである。

元々彼女は当時弘農にて喪に服していた劉弁陣営と董卓を繋ぐという重要な役目を帯びていたため――元々は李儒に文句を言うため――弘農に滞在していた。

また――董卓は絶対に認めないが――対外的に見れば大将軍が皇帝に人質を送ったともとれるため、彼女が弘農にいることに対して周囲からの反発は皆無であった。

なお、それに付き合わされている李傕と郭汜からの抗議はないものとする。

喪が明けた劉弁が長安に入った後も彼女は弘農に滞在していたが、それは本人が長安に行くのを面倒くさがったことや、溺愛する孫娘が政治的な喧騒に巻き込まれることを嫌った董卓が彼女に対して弘農に留まるよう懇願していたからである。

こうして大義名分を得て弘農へ留まり自由気ままな生活を送っていた董白であったが、近年事態が急変してしまう。

まず挙げられるのが実質的に漢の政務を担当していた李儒が荊州下向してしまったことだ。

弘農から李儒がいなくなったことで、彼との連絡役であった董白が弘農にいる大義名分の大半が消失してしまった。

それでもまだ劉協や何太后が残っていたので、彼らに対する人質という形で弘農に残ることはできていた。だが数か月前、なにかと董白を構ってくれていた何太后が、息子である劉弁の妻、唐后に妊娠の兆候が出たことを知ると、こうしちゃいられねぇと言わんばかりの勢いで長安へ向かってしまったのだ。

それでも劉協の存在があったので、かろうじて彼女が弘農に留まる理由はあった。

しかしついに「私も長安にいかなきゃ駄目かなぁ」と面倒くさげにつぶやいていた彼女の下に――正確には彼女のお目付け役であった李傕と郭汜に――荊州から一つの指令が下された。

そう、劉協の連行である。

命令を受けた李傕と郭汜は悩んだ。凄く悩んだ。

それはもちろん皇帝の弟である劉協を拘束して連行することに対する悩みではなく、李儒の指示に従うかどうかを悩んだのだ。

そも李傕と郭汜は董卓の配下であって李儒の配下ではない。

彼らはその董卓から『絶対に逆らうな！』と厳命を受けてはいるものの、同時に『絶対に董白を護れ』という命令も受けている。

劉協を荊州へ運ぶとなれば、護衛対象である董白を残すことになる。

二手にわかれることも考えたが、戦力の分散は下策である。

未だに董卓に恨みを持つものは多いし、劉協を害そうとする者がいないとも限らない。

『二手に分かれたがゆえに両方護れなかった』なんてことになれば最悪だ。

李儒の命令には逆らえない。かといって董卓の命令もおろそかにはできない。

結局悩みに悩んだ彼らは、董白に相談した。

彼らは彼女に皇帝がいる長安か董卓のいる郿に移動して欲しかったのだが、董白はそのどちらも選ばなかった。

なんと彼女は、劉協と共に荊州へ行くことにしたのである。

相談した李傕と郭汜は思わず「なんでそうなるの!?」と叫んだが、彼女には彼女なりの理屈があった。

曰く『太傅様の近くに誰もいないのはまずいでしょ？』とのこと。

これには李傕と郭汜も黙るしかなかった。事実だからだ。

「長安は郿に近いからお爺様と陛下の間に齟齬は生じない。生じたとしても対処できる。でも荊州は遠い。もし太傅様とお爺様の間に齟齬が生じたら大変なことになるわ。違う？」

「それは、そうなんですけどね」

我儘ではなくちゃんとした理屈がある以上、李傕と郭汜も董白の主張を無下にはできなかった。

また董白が荊州に行くのであれば護衛も二手に分かれる必要がなくなるので、結果的に李儒と董卓、双方の命令を完遂することができる。

またまた悩んだ二人は董卓へ『お嬢がこんなこと言ってますけど、どうしやす？』と使者をだした。

その使者から話を聞いた董卓は頭を抱えるも、結局彼女の荊州行きを許可した。

董卓としては可愛い孫娘を手元においておきたかった。

しかし郿の周辺は近年行われている農業政策の関係上少し、ばかり血なまぐさいところがあるし、長安には董卓を嫌う連中が山ほどいる。

可愛い可愛い孫娘がそんな連中の悪意と情欲の籠った視線に晒されるくらいなら、荊州で自由にやってほしい。

そう考えた末の決断であった。

こうして董卓から許可を得た董白は、いきなり拘束されて目を白黒させている劉協と共に荊州へと下向したのである。王異は最初から董白と一緒にいる心算だったので、特に言うことはない。

呂布の娘に関しては、劉協が荊州に下向することを知った呂布が、護衛付きで移動できる機会だからと家族全員を呼び寄せていた。彼女は彼女でもともと董白とも仲が良かったことや、呂布の単身赴任が長引いていたせいで弘農でも微妙に居心地が悪くなりつつあったこともあり、荊州に呼ばれたことについて文句を言うようなことはなかった。

呂布が現地で自分と同い年くらいの若い娘を囲っていなかったことも無関係ではない。

参加者の経緯についてはこのくらいにするとして、本題である。

「兗州侵攻に伴う最初の失敗は、事前に調略を行ったことにあります」

「調略を行うのは当たり前のことなのでは？」

「普通ならそうです。しかし調略に応じないとわかっている相手にそれを仕掛けることは徒労でしかありません。相手に情報を与えることも含めれば損でしかないのです」

「調略に応じない？　あぁそうか。兄上……陛下はこれ以上の恩赦を認めぬと宣言したものな」

「そうですね。皇帝陛下その人が恩赦を認めないと明言しているのに、その配下でしかない袁家の者が恩赦を囁いても意味はありません。それどころかその不遜さを責められますね」

事実、調略を実行したことで袁家の評判は落ちている。

それは不遜さもそうだが、無意味なことをする阿呆という評価でもあった。

「また、この動きにより兗州の諸侯は近いうちに袁家が北上すると推察し、戦支度を整えることができました。まぁそれが活かされたとは言えませんが」

「青州の黄巾賊だな」

「えぇ。彼らが兗州に乱入したことで、兗州の諸侯が練っていたであろう対袁術の戦略は無に帰しました。その隙を突いて動いたことに関しては、戦略上でも戦術上でも正しい。この点に関してだけは袁術の行動は間違ってはいません。惜しむらくは青州の賊徒は袁家に関係なく動いていたことでしょうか。もしも彼らを動かしたのが袁家であれば策としては最良と言えますね」

袁家といえども、というか袁家だからこそ飢えと怒りで猛っていた賊とは交渉ができない。

そもそも決まった指導者がいない群れなので交渉自体が不可能である。

「諸侯が足並みを揃える前に叩く。これ自体はなんら間違っておりません。ですが、その後が問題でした」

「陳留の略奪、だな」

そう告げる劉協の顔は怒りやらなにやらで歪みきっていた。

「はい。陳留を護る張邈に準備を整える時間を与えたせいで予想以上の抵抗を受けたこともあるのでしょう。通常勝った側が将兵の鬱憤を晴らすために略奪を許可することはよくあることなので、一概に悪手とは言えないのですが。それでも限度というものがございます。袁術はやりすぎました」

度が過ぎた略奪は諸侯の怒りを買い、兵士たちから規律を奪った。

「規律のない兵は賊と同じです。曹操と鮑信は袁術の軍勢を思うがままに誘導し、地の利がない平丘は匡亭に誘導し戦を仕掛け、勝利しました。このとき軍勢の中に袁術がいたと言いますが、それがなければもう少しまともな戦になったかもしれません」

「なぜだ？　総大将が陣頭に立つのは問題かもしれんが、指揮を執る分には問題なかろう？」

総大将が戦わない軍勢は弱い。

そのため対象はできるだけ姿が見える場所にその身を置くべし。

兵法上の常識ではあるが、これにもいくつかの条件がある。

「総大将が率先して戦おうとしてはならない。それは事実なのですが、同時にこうも言います。いざというとき総大将に戦う気概がなければいけない。と」

皆から見える場所にいる総大将が率先して逃げればどうなるか？

当然、軍勢が崩れる。袁術がやったのはこれだ。

「敵の前に姿を晒すなら覚悟を決めねばなりません。その覚悟がないのであれば、最初から姿を見せない方がマシなのです」

「なる、ほど……」

「また、総大将を護るために精兵を割かねばなりません。このせいで、ただでさえ規律が薄れていた袁術軍は精強な軍勢ではなく武装した破落戸の集団と化しました。最初から覚悟を決めていた曹操や鮑信たちからすれば赤子の手を捻るようなものだったでしょうね」

事実、一〇万を号する軍勢を四万程度の軍勢で迎え撃ったにも拘わらず、曹操や鮑信が率いた軍勢に大きな犠牲はなかった。

袁術は己の行動と覚悟のなさによって一敗地に塗れたのである。

しかし、彼の愚行は留まることを知らない。

「曹操らに敗れた袁術は敗残兵をまとめると本拠地である豫州へ帰還せず、揚州が寿春に侵攻しました」

突然の侵攻に対処できなかった寿春はさしたる抵抗もできずに陥落。

揚州牧である劉繇は苦情を申し入れようとしたようだが、そもそも劉繇もまた討伐されるべき逆賊である。

漢の忠臣たる袁家が討伐対象である劉繇を攻めるのはある意味で当然のことなので、劉繇は泣き寝入るしかなかった。

だが、袁術と劉繇が裏で繋がっていたこともまた事実。

それを知る者たちからすれば、袁術の行為は裏切りに他ならない。

もちろん、ここにいる面々はその〝知る者たち〟に該当している。

「袁術はなぜ寿春を攻めたのだ?」

この期に及んでなぜ仲間割れをするのか。劉協にはわからなかった。

だが、袁術という人間を知れば答えは簡単に出てくる。

「おそらくですが、袁術は豫州の民に自身が敗北した姿を見せたくなかったのでしょう」

「そんな理由で!?」

劉協からすれば信じられないことだが、名家にとって面子は時に命よりも大事なものだ。

それなのに『大軍を擁して攻め入ったがあっさりと敗退しました。反撃の手立てはありません』など、どの面下げて言えようか。

まして今回掛かっているのは面子だけではない。

「陳留で失った資材の補填もしなくてはなりません」

一〇万もの兵を食わせるための兵糧や彼らが装備する武具など、様々なモノが用意され、そして破棄されているのだ。

それらをなんとかするために袁術が選んだのが、隙だらけの寿春だった。

これはそれだけの話だ。

しかし、それらはあくまで袁術の都合に過ぎない。

一方的に裏切られる形となった劉繇は袁術の行いに対して憤怒しているし、袁術から支援を受けている劉琦も袁術を疑うだろう。もちろん周辺の諸侯とて、このような真似をした袁術を信用することはない。

兗州の諸侯はもちろんのこと、徐州や揚州の諸侯は今後袁術を信用することはないだろう。

目先のことに囚われすぎて、他者の信用を失う。

これもまた袁術が犯した愚行の一つであり、史実の劉協がよくやっていたことであった。

散々袁術をこき下ろした後「殿下はこういうことをしないように」と結んだ李儒の表情には一切の感情が見られなかったそうな。

偽典・演義

～とある策士の三國志～

giten engi

捌 8

特別読切

そのころの董卓

荊州で袁術を反面教師とした講義が行われていたころのこと、遠く離れた涼州は郿に一人の策士が帰還していた。

「ただいま戻りました」

「おう。ご苦労さん」

涼州人には珍しく恭しい態度をとるのは、董卓軍が誇る軍師賈詡《かく》。

鷹揚にその礼を受けたのは、大将軍董卓その人であった。

「で、どうだった？　あったか？」

「はっ。太傅様のおっしゃる通りにございました」

「そうか。で、地元の連中は？」

「同士討ちやらなにやらで四氏まで減らしました。今では互いを憎みあっており、手を結ぶ気配もございません。攻めるなり懐柔するなりお好きなように」

「さすがだな」

「あの程度の連中であればなんのこともございませぬ」

事実、策士を自認する賈詡にとって、今回の仕事は簡単なものであった。

後に詳細を聞かれた際に「一番苦労したのは移動であった」と語る程度には簡単なものであった。

では賈詡がしていた仕事とは何か。

それは涼州の果て、敦煌《とんこう》と呼ばれる地の開発に関することであった。

漢にとって敦煌は涼州のはずれもはずれ。

わざわざ人を派遣してまで開発しようとは思っていなかったし、匈奴や羌族らが跋扈《ばっこ》する土地でもあったため、半ば放棄されていた土地であった。

そんなところに董卓が賈詡ほどの人材を送り込んだのは何故か。

太傅こと李儒から指示があったからだ。

というのも、現在劉弁陣営が完全に保持している農耕に適した地域は司隷しか存在しない。

荊州も大半は抑えているものの完全ではないし、幽州や并州も高原で繋がっているものの生産性が低すぎる。涼州は一部で農耕が可能になっているものの、まだまだ開発の途上にある。開発するには金がかかるし、買うにはもっと金がかかる。

今はまだ腐敗した名家たちから徴収した資財があるからなんとかなっているが、それだって無尽蔵にあるわけではない。

そういった状態であるため、食料を得る方策を練ることは長安陣営にとって喫緊の課題であった。

ただし、そういった諸々の懸念に関してどこぞの外道はしっかりと対処していた。

洛陽からの流民を無駄なく流用したり、画期的な農業政策を推進させたのは記憶に新しい。

そんなところに気が付く彼が、長安政権を襲う資金不足に対応しないはずがない。

その答えが……。

「あそこに眠る金鉱はかなりの規模にございますぞ」

これである。

イシク湖周辺に多数存在する鉱山。その中でも世界屈指の金鉱山と知られるクムトール鉱山こそ李儒が狙っていたモノであった。

かの鉱山は露天掘りで多大な成果を挙げている鉱山なので、採掘技術がそれほど発達していないこの時代でもそれなりに行けると判断したのである。

結果は当たり。現地の騎馬民族も山から金が取れることは知っていたようで、西から流れてくる商人との取引に使っていたくらいであった。

そこまでわかれば話は早い。

現地にいた四〇近い氏族たちは、賈詡の策によりいがみ合い、殺し合い、その数を四氏にまで減らしている。

こうなればもう董卓の胸三寸。

賈詡が言うように攻めるも懐柔も好きにできるだろう。

ここまでは賈詡も得意満面で報告ができた。

問題はここからである。

「で、そいつらの死体はどうした？」

「……馬騰《ばとう》に引き取るよう指示を出しております」

「湖があるらしいが、水は十分にあるのか？」

「……はっ。加工に必要な分はあるかと」

「そうか。なら大丈夫だな」

「……鉱夫の当てはあるのですかな？」

「今のところは罪人とその家族。あとはこれから傘下に入る予定の羌や胡の連中だな」

「なるほど。それなら初期に送り込む人員としては十分ですな」

「おう。死んでも加工できるから安心だぞ」

「……」

金鉱山を開発するためには現地に人を送る必要がある。

そして現地に送った人間を食わせる必要がある。

遊牧民族なら羊だけでも十分かもしれないが、漢人はそうではない。

また、遊牧民族とて穀物があれば食べたいと考えているので、農地改革は必要不可欠。

その農地改革に必要不可欠なのが有機肥料である。

だが、有機肥料は特定の成分が多すぎるとかえって土地を悪くしてしまう性質がある。

それを薄めるために水が必要なのだ。

それら一連の流れは賈詡とて理解している。

また古来より鉱山開発とは奴隷や罪人にやらせる労役の一つである。

その過酷さは突出した死傷率の高さを見るだけでも明白で、開発の初期段階に至っては半数以上が死ぬと言われているほど危険な作業だ。

よってそれを罪人にやらせるのは当然のことである。

これから傘下に収める羌や胡の連中とて、董卓に敵対した以上その覚悟はあるだろう。

つまり、董卓はなにひとつ間違ったことは言っていない。

漢には金が必要だし、金を掘るには人手が必要だし、人手を養うには食料が必要だし、食料を作るには農地改革が必要だ。死んだ人間を有効活用するのは当たり前のことだ。

それはわかる。

だがどうしても有機肥料については抵抗があった。

李儒や司馬懿が聞けば『悪辣な策で敵を殺すのはいいのに、その残骸を有機肥料として活用するのが駄目な理由がわからない』と首を捻るだろう。

昔は董卓も抵抗があったようだが、自分で作業しないのなら大丈夫なのか、今ではにこやかに農政についての話を振ってくるくらいだ。

尤も、溺愛している孫娘の董白に現場を見せる心算は欠片もないので、やっていることの非情さはしっかりと理解できているようだが、それを止めないのであれば同意しているのと同じこと。

(やはり味方はいないのか……)

絶望する賈詡だが、それに代わる有効な手段があるわけではない。

代案のない反対はただのいちゃもんだ。

董卓にはそれなりに言えるが、李儒相手にいちゃもんをつける勇気などあろうはずもなく。賈詡はこの件について抵抗することを早々に諦めることにした。

「……長安ではご親征の準備が整いつつあると伺いましたが、実際のところはどのような状況なのでしょうか?」

「順調にいけば来年の春には出られるだろう」

「それはそれは。劉焉もさぞ首を長くして待っていることでしょうな」

「まぁな。今までは準備させられたまままずっと待機させている状態だ。予算も兵糧も馬鹿にならねぇくらい使っただろうよ」

「ですな。このままでも勝手に潰れそうですが?」

「それじゃあ陛下のご威光にならねぇんだとさ」

「なるほど。勝ち方に拘るほどの余裕があると見るべきか、それとも勝ち方に拘らねばならぬ事情があると見るべきか」

策士である賈詡にとって戦とは作業だ。

楽に勝てればそれに越したことはないと思っている。

その上で、勝った者が歴史を紡げばいいとさえ考えていた。

だから極論、勝ち方などどうでもいい。野戦だろうが攻城戦だろうが、火攻めだろうが水攻めだろうが、暗殺だろうが虐殺だろうがなんでも構わない。

だが、皇帝には皇帝の勝ち方があるということも理解している。

「正々堂々、正面から叩き潰す。確かにそれができれば最善でしょうが……」

「あぁ。劉焉とて馬鹿じゃあ……いや、今の長安に逆らっている時点で馬鹿ではあるが、袁術ほどの馬鹿じゃねぇ。勝算の一つや二つは用意しているだろうさ」

董卓がその気になれば、長安を落とすこと自体は不可能ではない。

しかしその後が続かない。涼州勢を食わせるだけの食料もなければ、政権を維持するだけの政治力がないのだから当然の話である。

涼州勢にできることは戦って奪うことだけだ。

生み出すことができなければ先はない。

しかも、彼らが奪えるのは長安まで。

どれだけ頑張っても半ば要塞化された弘農や、今も着実に要塞化されているであろう荊州へ足を延ばすことはできない。

関東に行けば？　無理だ。なまじ広いからこそ統治できない。

各地で反乱を起こされて、それを鎮圧しようと差し向けた部隊が各個撃破されるだろう。

特に厄介なのが涼州騎兵に並ぶ騎兵を持つ公孫瓚と攻城戦や山岳戦にも強い孫堅だ。

彼らを効率的に使える腹黒外道の存在も忘れてはならない。

彼らがいる限り、董卓が長安を落としたところで意味はないのだ。

結局、荊州にいる腹黒をなんとかしなければ董卓が天下を取ることはできないのである。

そもそも、董卓はもう五〇歳を超えている。

いつ死ぬかわからないのにそんな冒険はしたくない。

それが偽らざる本音であった。

翻って劉焉はどうか。

彼は董卓よりも年上である。

後継者に関しても、男子が四人いたそうだが、今はその全てが長安に囚われている。

自身は老い先短く、後継者は死に体。

この状態で長安と敵対してどうしようというのか。

さっさと降伏して子供だけでも助けるか、もしくは養子を迎えて家だけでも残せるよう交渉するべきではないか。というか、それしか道はないのではないか。

そこまで考えが至れば劉焉の狙いも見えてくる。

「劉焉の勝ち筋は一つだけ。耐えて耐えて時間を稼ぎ、譲歩を迫る。これしかございません」

「そうだな。そのために陽平関に精鋭を集め、絶対に漢に下らない張魯とかいう宗教家を入れた」

黄巾の乱によって打撃を受けたこともあって、今の漢は宗教に厳しい。

道教の教祖である張魯がどれだけ善政を敷いても、それを認めることはないだろう。

認められないなら抵抗するだけ。

張魯は必死になって漢と戦うだろう。

それが劉焉にとっての数少ない活路となる。

「荊州からの中入りは？」

「ご親征は正々堂々正面から、だ。少なくとも最初はな」

「あぁそうでしたな」

相手の思惑に乗りつつ、それを正面から乗り越える。

確かに王道だ。それができれば誰もが皇帝を認めるだろう。

だが、そんなことが簡単にできるのであれば誰も苦労はしない。

「一度は失敗しますか？」

「その可能性は高い。二度目、三度目はどうかわからんがな」

不遜と思われるかもしれないが、軍人は事実を語るものだ。

董卓から見ても陽平関は難所である。そこに追い詰められた軍勢が籠っているのだ。

いくら三万の官軍と一万の西園軍を擁する軍勢とて、簡単に突破できるとは思えない。

なればこそ、一度目の失敗をどう活かすかが重要になるだろう。

「そういう意味では、一度目は勝てなくても失敗とは言ねぇかもしれねぇが、それを騒ぐのが文官どもだからなぁ」

数年前と比べればかなり風通しがよくなったとはいえ、未だに名家たちは滅んではいない。

少しでも失敗したり停滞すれば、彼らは孫堅にそうしたように『新帝の失態だ！』と騒ぐだろう。

「あぁ、いや、もしかしたらそれが狙いか？」

「……ありえますな」

敢えて隙を見せて騒がせて、のちに騒いだ輩を処罰する。

身中に残る虫を見つけるための手段と考えれば悪くはない。

まぁ、それもこれも官軍側に無駄な犠牲が出ないことが条件だが。

「とりあえず今回は見学だ。お手並み拝見といこうじゃねぇか」

「御意」

皇帝劉弁と逆賊劉焉。

諸侯が見守る中、両者がぶつかる刻はゆっくりと、だが着実に近づいていた。

高祖の風

興平三年（西暦一九四年）四月　青州平原国　平原

「まったくあいつらはよぉ。本っ当に何してくれてんだよぉ！」

関東に於いて諸侯が跳梁跋扈する黄巾賊や、よくわからない理屈で動く袁術の存在に頭を悩ませる中、彼らの行動の影響をダイレクトに受けることになった群雄の一人である劉備もまた頭を抱えていた。

去年の秋ごろに青州の民が暴徒化して他の州に乗り込んだことは知っている。

そのせいで兗州の刺史だった劉岱が死んだことも知っている。

その後で彼らが曹操らによって殲滅させられたことも知っている。

青州の民がしたことにも、青州の民が討たれたことにも責任を感じるほど劉備はできた人間ではない。

というか、劉備もまた平原周辺に出没した賊徒を殲滅しているので、責任を感じている暇などな

かった。

元々政に関して決して熱心とは言えなかった劉備だが、ここ数年は公孫瓚の下で学んだり簡雍《かんよう》らからの要望もあってそれなりに民に触れ、政のなんたるかにようやく理解が及ぼうとしていた。

そんなときだ、ただでさえ荒れていた青州がさらに荒れたのは。

しかも賊徒と化した民が、自分が治めている平原にまで押し寄せてくる始末。

武侠の人として、役人に苦しめられて決起した民を討つのは正しいことなのか。

為政者として、護るべき民のために賊に堕ちた民を討つことは正しいことなのか。

板挟みとなった劉備が頭を抱えるのも仕方のないことだろう。

さらに悪いことは重なるもので、年が明けてすぐに隣の兗州にて袁術と曹操がぶつかった。

これだけならまだ他人事で済んだのだが、曹操に敗れた袁術が腹いせと言わんばかりに揚州の寿春を攻め落としたことで、劉備も全くの無関係ではなくなってしまった。

何故か？　徐州を治める陶謙から救助要請がきたのだ。

もちろん陶謙が助けを求めたのは平原の相に過ぎない劉備ではなく、彼の上役である公孫瓚だ。

陶謙の言い分としては『青州から来た賊徒に徐州が荒らされている。青州刺史を代行している公孫瓚にはそれを駆逐する義務がある』というものであった。

徐州の人間からすれば、まっとうな言い分だろう。

その陰に『自分が動いたら袁術が背後から襲ってくるかもしれない』という恐怖があるにせよ、

理屈自体は通っている。

しかしそれはあくまで徐州側の言い分である。

公孫瓚からすれば自分は代行ではなく仮に預かっているだけであり、青州の民を追い詰めたのは前任の孔融とその取り巻きである。責任云々であればそいつらに責任を取らせるべきだという思いがある。

これで青州から何かしらの利益を得ているならまだしも、今のところ面倒ごとしか発生していない。

それなのになんで自分が責任を取らなければならないのか。

というか、賊くらい自分で片付けろ。それが役目だろ。

それが公孫瓚側の理屈であった。

劉備としては公孫瓚の理屈が正しいと思っている。

賊がどこからきたのかなんて関係ない。

州内に現れた賊を討伐するのが州牧の仕事だと思っているからだ。

また陶謙の理屈が通るのであれば、徐州で賊が発生しその賊が他に迷惑をかけた場合、徐州の軍勢が処理することとなる。それも自費で。

そもそも徐州に存在する賊のうち、どこからどこまでが青州の賊なのかすらわからないではないか。

結局陶謙は、自分ができないことを他人にやらせようとしているのだ。

そんな自分勝手な主張を認めるほど公孫瓚は阿呆ではない。

なので、本心では公孫瓚は陶謙の要請を突っぱねたいと思っていた。

それはいい。

劉備だって『徐州に行って賊を討伐してこい』なんて命じられても困るのだから。

だが、事態はそれでは済まない方向に傾きつつあるようで。

「なぁ、なんで兄貴は悩んでいるんだ？　陶謙のいうことなんざ無視すればいいだけだろう？」

「……それができん事情ができたのだ」

「曹操が兗州の刺史になったってのがなぁ」

「兗州？　青州も徐州も関係ねぇじゃねぇか」

「ところがそうでもないんだなぁ」

頭を抱える劉備を見て首をかしげている張飛《ちょうひ》が質問をすれば、関羽《かんう》と簡雍がそれに応える。

「簡単に言うとだな。曹操は冀州にいる袁紹の子分なんだよ。実際黄巾の賊とか袁術と戦ったときには袁紹から物資の支援も受けている」

「はぁ」

「袁紹の子分である曹操が兗州を手に入れた。そうなると袁紹の勢力が増したことになる。冀州での戦いに影響が出るだろう」

「そりゃわかるけどよぉ。それでも結局冀州のことだろう？」

「袁紹の味方が増えたことが問題なのだ」

現在冀州では、袁家と劉虞が水面下で勢力争いをしている。

これまでは公孫瓚の武力と皇族という看板があった劉虞の方が有利に動いていたが、名家閥の領袖にして冀州最大の策源地である鄴を抑えている袁家の力は侮れるものではない。

そこに袁紹の親友にして盟友であろう曹操が兗州を抑えてしまった。

兗州と鄴を治める袁家陣営と、冀州の北と幽州を治める劉虞陣営。

両者を比べた場合、冀州の土豪たちは袁家が有利なのでは？　と考えてしまう。

そうなれば現在の拮抗《きっこう》は崩れ、冀州での戦いが不利になる。

「そんな中、青州の混乱に加え徐州の陶謙と敵対したらどうなると思う？」

ここまで説明されれば張飛にも理解できた。

「あぁ。敵に囲まれっちまうのか」

「そういうことだ」

幽州勢は正面から戦えば董卓率いる涼州勢にも引けはとらない精鋭だ。

袁紹の軍勢に勝つことなどたやすいことだと断言できる。

だが正面から戦わず、生産力を背景にした消耗戦を仕掛けられた場合はその限りではない。

現在でさえ後方となる北に鮮卑を、前方となる南に袁家という敵を抱えている公孫瓚に、新たな敵を作る余裕はない。

つまり陶謙の願いがどれだけ無理筋であっても、無下にはできない、というわけだ。

それもこれも曹操が袁紹の子飼いであるということが前提の上になりたつ推論でしかないが、今のところ曹操の行いは袁紹の意に沿ったことしかしていないので、周辺の諸侯は曹操が長安政権と渡りを付けていることなど想像すらしていなかったのだ。

それは劉備や公孫瓚も同じである。

「陶謙は全部わかったうえで俺らを動かそうとしている。兄ぃもそれを理解したうえで陶謙の要請に応えようとしている」

弟分たちの会話を聞いて落ち着いたのか、再起動した劉備は机の上に置かれた地図を見ながら呟く。

「ただ、兄ぃは先に青州の黄巾を一気に徐州へ押し込む心算だ」

「ほほう」

「あぁ。まずは勢いでぶつかって青州の賊を根こそぎ徐州に叩きだす。それから腰を据えて退治しようってか?」

「そういうことだな」

黄巾賊の恐ろしいところは、どこにでも潜めるところにある。

騎兵が中心の幽州勢では、山岳などに潜まれると非常にやりづらいこととなる。

不正規戦闘なんてされた日には目も当てられない。

だが、地の利がないところでは同じようにはいかない。

地元である青州の山なら潜めても、他州の山には潜めない。

そもそも徐州の山には徐州の民が住んでいるのだ。

彼らが余所者の賊が勝手に潜むことを認めるはずがない。

兗州に入った賊徒もそれがあって山や邑に潜むことができず、曹操らに殲滅されたのだ。

このことからも、賊徒を地元から切り離すことで十分な効果が得られることは証明されている。

戦場を変えることの利点は他にもある。

「青州で戦えば青州が荒れるが、徐州で戦う分には青州は荒れねぇ」

「それもあったか」

「あの人も考えているんだねぇ」

「そりゃそうよ」

青州は公孫瓚の領地ではないが、彼にも多少の管理責任があることは否めない。

なので公孫瓚はこの機会に青州内にいる賊をたたき出すとともに、未だに支配者面をしている孔融の取り巻きどもを〝管理責任〟の名のもとに処分して、青州の健全化を図るつもりであった。

「そんなわけで、多分俺らにも出陣するよう命令がくると思うから、いつでも出れるよう準備しといてくれ」

「わかった」

「おうよ！」

「あいよ」

六月。幽州の公孫瓚が電撃的に青州へ出兵。一〇〇万を号する黄巾の賊徒と激突。これを粉砕し、青州からたたき出すことに成功した。

その後公孫瓚が率いる本隊は袁紹が動く前に幽州へと帰還するも、劉備や太史慈《たいしじ》が率いる軍勢が徐州へ入り、青州から逃げた黄巾の賊徒を殲滅することとなる。

この際、青州の名士である孫乾《そんけん》や鄭玄《じようげん》、徐州の大商人である糜竺《びじく》らと知己を得たが、このことが後にとある騒動を生むこととなる。

孫堅や曹操と同様に李儒が警戒していた英傑、劉備。

彼もまた正史とは異なる道筋で歴史の表舞台に立とうとしていた。

あとがき

初めましての方は初めまして。そうでない方はお久しぶりでございます。

いい歳こいて春夏秋冬問わず妄想を欠かさず行っているしがない小説家の仏ょもでございます。

読者の皆様のおかげをもちまして、こうして拙作『偽典・演義』の八巻が発行と相成りましたこと、心より御礼申し上げます。

今回のコンセプトは史実とは違う動きをしている孫堅や劉弁サイドと、史実と似たような行動をとっている袁術や曹操サイドの対比といったところでしょうか。

作者の中で特に難しかったのが、史実に於いても幾度となく意味不明だった袁術の行動と、その行動基準となったであろう名家の思想をトレースすることでした。

現実問題として、どれだけ考えても自分のような現代日本生まれの庶民には、古代中国の価値観や名家の中の名家に生まれた御曹司の理屈を完全に読み解くことは不可能でしたので、かなりの部分を想像に頼る形となってしまいました。

袁術や袁紹のファンの方からすれば『袁術や袁紹はこんなに阿呆じゃない』と思われるかもしれ

ませんが、作者程度の妄想力ではこのくらいが限界ですので、何卒ご容赦願います。

特に袁術と曹操がぶつかった匡亭の戦いに関しましては、史における記載も『大いに打ち破った』みたいな感じで詳細が一切書かれていないため、戦いの前段階から戦闘の内容、さらには自身に危険が迫っていると判断した袁術が率先して逃げだしたところなどは完全に作者の想像となっております。

ここ以外にも彼らの行動やその心情描写に関して至らない点は多々あると思います。

ただ、袁紹が公孫瓚と劉虞の仲を裂こうと画策していろいろと手を出していたことは事実ですし、袁術が兗州に攻め込んだものの曹操に反撃をくらい大敗したことも、その後に豫州へ帰らず劉繇が治めていた寿春を攻めて占拠したことも事実なので、詳細はともかく「流れはこんな感じだったのかなぁ」と思って読んでいただければ幸いです。

あとは、そうですね。なぜか演義が好きな人からの評価が高い司馬徽の扱いも拙作では随分と悪いものとして書かれておりますが……正直な話、作者は演義の主人公である某属尽や、司馬徽の門下生——の中でも一番有名な某丞相——があまり好きでないためこんな扱いになってしまっております。

彼らの行いに対する解釈に関しましても様々なご意見があるかと思われますが、そもそも拙作は作者の妄想から生まれた産物であり、それを読者の皆様に提供するにあたって読みやすいように色々と付け加えてアウトプットしたライトノベルであり、物語自体も史実を参考にして妄想したものを書き連ねただけのフィクションであって、学術的な意味で『史実はこうだった！』と主張している作品ではございません。

よって、各キャラクターの主張や人物に関する解釈の違いにつきましては『そんな解釈の仕方もあるのか』程度の感覚でお読みいただければ幸いです。

というか、拙作に限らず史実を題材とした小説はそういう感じで読まないと色々疲れると思いますので、拙作をお手に取った際は肩だけではなく全身の力を抜いてお読みくださるよう推奨させていただく次第でございます。

それはそれとして。

今巻では劉弁の親征に対する数々の不安や、孫堅を懐柔しようとする長安政権のやりようとそれに対する孫策の不満、さらには英雄曹操の出世や劉備の異動など、ところどころに不穏な空気が残ったままとなっております。

これら諸問題につきましては、アース・スター様のご厚意で今巻に引き続き次の巻も出していただけるとのことでしたので、そちらで解決することになるかと思われます（多分。おそらく。解決できたらいいなぁ）。

読者の皆様におかれましては、作者がどんな解釈で、どんな物語を紡ぐのかをお待ちくださいますよう、心からお願い申し上げます。

最後になりますが、ｗｅｂ版の更新が終わっていたにも拘わらず拙作の八巻とさらに次の巻を出すことを決意してくださったアース・スター様。イラストを担当していただきましたＪＵＮＮＹ様。勝手な解釈や独自の妄想を書き連ねる作者のせいで様々な苦労をしているであろう編集様。そしてｗｅｂで応援して下さった読者様と、拙作をお手に取って下さった読者様。その他、関係される皆様方に心より感謝申し上げつつ作者からのご挨拶とさせて頂きます。

今回もどうもありがとうございました！

前回に引き続き、キャラクターデザインの一部です。

JUNNY

ジュンニー

EARTH STAR NOVEL

偽典・演義　8
～とある策士の三國志～

発行 ―――――――― 2024年7月18日　初版第1刷発行

著者 ―――――――― 仏ょも

イラストレーター ―――― JUNNY

装丁デザイン ――――― 舘山一大

発行者 ――――――― 幕内和博

編集 ―――――――― 古里 学

発行所 ――――――― 株式会社アース・スター エンターテイメント
〒141-0021　東京都品川区上大崎 3-1-1
目黒セントラルスクエア　7F
TEL：03-5561-7630
FAX：03-5561-7632

印刷・製本 ―――――― 中央精版印刷株式会社

ISBN 978-4-8030-1980-3